文經文庫 A208

生命眞的眞的很不錯

陸瑩華 著

COSMAX
PUBLISHING Co.
Since 1981

文經社
Taiwan

推薦序 1

桃李春風　情義善緣

屏東高工校長　何明堂

人類與其他動物最大的不同，第一是人類會笑，第二是有些人不愛惜自己的生命。而陸瑩華老師，則是個愛笑、愛惜生命，也能鼓勵別人「笑看人生」的老師。她對人眞誠，很喜歡微笑，還常常大笑。

獻身教育多年，專長輔導工作，興趣在讀書寫作，她是一位既出世又入世的基督徒，也是一位既芋仔又番薯的優生種籽。而且樂在工作、對「人」敏感度高、有理想、有傻勁。總是巧妙的把工作與休閒時間，做到黃金比例的分配，頗有古人「晴耕雨讀」的風範，總能兼顧「應邀講演」與「寫作出書」兩方面，相得益彰。

她教生涯規劃，最常掛在嘴上，寫在文章上的是：「生涯不能規劃，規劃永遠趕不上變化，但是生涯規劃就是要儲備能力以因應變化。」

所以，後來雖然她不幸罹患癌症，卻能用微笑將此噩耗，轉換成另一種生命力，出了一本名叫《向生命撒撒嬌》的書。

這本書在半年內已經六刷，證明許多人都在這本書中，看到了自己的經驗；也可見她心路歷程，有著許多人的共鳴，更證明她生命的堅毅與圓潤。

我曾問她是怎麼熬過開刀、化療等痛苦的經驗，她只是輕描淡寫的說：「因爲有愛」，她那份對生命、對週遭人的愛，是非常深厚的。

她喜歡說自己是個鬆土的人，因爲她希望使學生的心更柔軟。她在擔任校長會議總幹事時寫下兩句：「種桃種李種春風」、「結情結義結善緣」，恐怕就是她在教育工作上的寫照吧！

繼《向生命撒撒嬌》出版後，她又出版了新作《生命眞的眞的很不錯》，勉勵大家在生命中無論遭遇任何挫折，都不該失去笑的能力與魅力，因爲「生命眞的眞的很不錯」。

我總認爲「相對論」一詞，在人道的意義上，絕不是針鋒相對；而是人與人之間應傳達相對的聲音與價值。

所以，各位讀者，不妨換個角度、換個身分、換個時空，細細品味本書所想傳達的信望愛吧！

推薦序 2 青春之歌

聖功女中校長 鄭麗蓉

讀瑩華的《生命眞的眞的很不錯》，不少讀者會被一個個熟悉的人物或似曾相識的情節，喚起多年前年少的回憶。

這些人物，透過瑩華的篇篇小故事，躍出我們的記憶庫，正扮演著我們的青春記事。

做爲一個輔導老師，瑩華也扮演一個尺度拿捏難度極高的角色。從她與學生的密切互動，對話交誼間，得見她的熱情、眞誠、敦厚和風趣。還好，有她這樣成熟體貼的成人朋友，接納了一個個年輕徬徨的靈魂和無助多舛的人生。

她和學生的交情，可以這般細水長流，從他們的年少到爲人父人母，從乖張叛逆到沈穩負責。看孩子生命的轉折，常有意外的驚喜或感歎。

青春斑斕的流金歲月，伴隨青青校樹，萋萋庭草在生命裡深深鐫刻。記憶中，某位老師在那年豔夏時節，蘋果綠麻紗百褶裙隨風款擺，夏日微風輕盈拂過悶熱的教室。不記得老師喃喃覆誦的假設語氣了！沈滯的暑氣催逼，自己，也隨著課文中夢遊仙境的愛麗絲沈沈睡去。恍惚中，聽見老師高拔珠潤的英文詩句朗誦聲。中學生涯，就在夏日蟬聲唧唧中逝去。

常常是遙遠的學生時代偶然的一個場景，某一串對白，某一句期許，或某一個人物、事件，片片段段、零零碎碎地烙在腦海裡。有時入夢，有時浮現，有時——它也在生命的河流裡激起些許浪花。

在那時，令人終生難忘的師長出現了。可能是一句：「不要洩氣，你可以的！」「加油，老師對你有信心。」……使我們士氣大振，絕處逢生。也有可能是你得意洋洋地享受競賽成果時，某老師一句：「驕兵必敗」，先打擊得你情緒從高原到低谷，下半場，老師一語成讖，果然敗得落花流水。這時候，性情見了眞章，天眞的你，可能因此得了老師警語的「啓發」，也可能從此對老師產生「積怨」。

昔日，當我們年輕，也許是意氣風發或哀哀自憐。我們都曾是瑩華筆下的年輕人，天眞、迷惘、稚嫩、無助，或者是具膽識，堅毅、逞勇、講義氣、高度敏感。而我們身旁也會有那類狂放不羈的朋友，他時而慷慨激越，時而纖細易感，有人責備他囂張作態時，他會很豪壯放言：「我本楚狂人，狂歌笑孔丘」。也有那種慈母般呵護照料別人，服務毫無底限的好好小姐，她向來是大家所不可或缺且十分倚賴的好人——陪上廁所、找老師、買便當，甚至代替你完成家政作業……，但大多在私密聚會中大家遺忘邀請的善良女生……。

《生命眞的眞的很不錯》——毋寧說是瑩華對造物主神奇作工的讚頌與信念，也是期勉年輕朋友能謙遜、開放地迎接人生的峰迴路轉。

瑩華勤快於筆耕，記下她敏銳觀照生命的心得，細細品味生活的點點滴滴。我祝福我的好友，擁有更具滋味的人生。儘管它是五味雜陳，但也吻合瑩華好奇嚐鮮的性情。

目次

推薦序 *1* 桃李春風 情義善緣——何明堂／2
推薦序 *2* 青春之歌——鄭麗蓉／4

Part 1 發現自己之美 9
別針的魔力 10
一盤殘棋多久時間？ 14
名牌鞋子與腳 18
蓬生麻中，不扶而直 22
我家都這麼說 26
只有你聽 30
有人問大師 34
夜市裡的羊猴獅豬 38
誰需要休息？ 42

Part 2 接受自己所有 45
石頭與鑽石 46
他不是我爸爸 50
只要我不說 54
讀你千遍 58
男女混合雙打 62
你把星星找出來了嗎？ 66
愛我，請別傷害我 70
是誰創造了希特勒？ 74
沒有悔意的悔過書 78

Part 3 栽培自己可用 81
小小心意，大大不同 82
司馬相如與卓文君 86
如果你的汽車會游泳 90
你放對地方了嗎？ 94
你看過《天地一沙鷗》嗎？ 98
你會不會被丟出去？ 102
我用什麼活下去 106

誰從這裡走出去？ 110
不是撐著不死，是好好活著 114

Part 4 相信自己可能 117

蛻變的蝴蝶 118
親愛的，你還在玩耍嗎？ 122
總以為地球就踩在腳下 126
你有青春嗎？ 130
孫悟空，別鬧了！ 134
讓我告訴你，他是怎麼活的 138
戒指花 142
哪一個輪胎爆了？ 146

Part 5 散發自己眞情 149

不當有氣的老師 150
老師，你通過我們的考試 154
莫須有與想當然 158
愛吃的珠寶與貴寶 162
你是成功的老師嗎？ 166
你要不要重回人間？ 170
妳不必做什麼 174
搖櫻桃樹的人 178
藍色緞帶的魔力 182
我的學生老師 186
跋：一位值得一讀再讀的人——邱俊南／189

Part 1

發現自己之美

別針的魔力

名牌鞋子與腳

我家都這麼說

有人問大師

誰需要休息？

一盤殘棋多久時間？

蓬生麻中，不扶而直

只有你聽

夜市裡的羊猴獅豬

別針的魔力

美不是一種需要，
只是一種喜悅。
是熱情的心，
陶醉的靈魂。
——紀伯倫

一直很喜歡看珍珠的笑臉，有個小酒窩，笑起來很甜美，聲音也很好聽。問題是，她很不喜歡自己，總覺得自己太胖，成績又不是挺好。

對於看不到優點的她，我終於想到給她一個功課，並且規定她要做一個禮拜，如果都有做到，下星期才能來跟我談。

我做了什麼要求呢？其實很簡單！

我只要求她每天早晚洗臉的時候，要對著鏡子笑，笑容要停止在自己認爲最美的時候，而且眼睛要對著眼睛，自己好好的看自己。

「多久的時間呢？」她問。

我說只要心裡把伍思凱的歌名：「我是真的真的真的很不錯」念過一遍就可以了。她笑著對我說：「我每天就做這件事，不是起肖（台語）嗎？」

「試試看嘛！下次來再告訴我心得！」我鼓勵她。

到了下星期約定的時間，我看她在輔導室外面徘徊，心裡很高興，因爲我知道她是個信守諾言的人，既然會來，表示她的確做到了我的要求。

「怎麼樣？有沒有什麼發現？」我雖然急切的想知道答案，可是我還是慢慢的問。

「老師，我跟你說，我有發現喔！」她神秘兮兮的說。「我發現我還是很醜，但是我『醜得很平均』。」我倆在大笑中開始「心」的對談。

有一個對自己的長相非常自卑的女孩，總覺得因爲自己不夠美麗，所以人家不喜歡她。

有一天，她的姑媽從國外回來，送給她一支非常美麗的別針。她好喜歡，她興奮的想，如果，她將這一支不同凡響的別針別在身上出門，別人一定會發覺她的不同，就會對她另眼相看。

於是，她期盼星期天的來臨，好讓她有機會戴著別針出門。

星期天，當她將這一支不同凡響的別針別在身上出門時，她心中充滿歡喜，臉上帶著笑容，她想別人一定會發現她的不同，也就會對她另眼相看。

果然，正如她所預期的，別人發現了她的不同，也就對她另眼相看，沿途都有熟人與她打招呼，她也快樂的回應，她的鄰居、她的同學甚至於還開口問候她幾句、聊了聊天，她想，有了這支別針，從此人際關係將會有所不同了，別人也不會因爲她長得不好看而不理會她了。

心情愉快的回家，一踏進房門，竟然發現，那支具有魔力的別針，好端端地躺在臥室的地上。

原來，她太興奮了，沒有把別針別好，還沒出門，別針就掉了。這一趟快樂之旅，居然不是別針的魔力！

其實年輕人很少不在意自己外表的。尤其是高矮胖瘦，在媒體推波助瀾下，胖與呆似乎劃上了等號，瘦與美也站在同一條線上。這對許多年輕人來說是很傷的，許多年輕歲月就在公斤與公分計較中耗損。

與其改變全世界，不如先改變自己。改變自己的某些觀念和作法，面對自己，接受自己，其實是一件相當辛苦的事。而這事，除非自己看透看開，否則還眞要困擾很長的一段時間。

讓我們試著找出覺得自己最美的三個部分，並且寫下來，找機會去問問最親密的友人覺得你哪裡最美，也許會有意外發現喔！

一盤殘棋多久時間？

學習的正當順序是這樣的：
第一，學那需要的；
第二，學那有用的；
第三，裝飾用的。
如順序顛倒，無異如同建築大廈由頂層蓋起。

——西格尼

◆

西力畢業前就篤定不要繼續升學，投身職場、獲得專業的肯定，是他一直嚮往的境界。他以爲只要他在工作上不斷努力就可以了，因爲他覺得自己不是讀書的料。

果然開始時，他在職場上游刃有餘，受人肯定，因爲他的學習態度良好，敬業精神足夠。可是幾年以後，西力發現新進人員的實力比起苦幹實幹的他要來得強，在年齡逐漸增長時，也同時發現年輕時不在意的升遷，總是輕易擦身而過，原來，升遷還是需要學歷的證明。

職場上幾年後，他終究還是去讀了夜間部，他說，不只是因爲學歷，也因爲工作上的需要，必須要強化自己的背景知識。

是的！理論需要實務來印證，而實務也需要理論來加強。在適當的時間去發現生命重要事情的順序，然後依序去完成它，固然是件幸福的事情，但是經過生活的淬煉，然後發現生命重要事情的順序重新排序，其滋味更甜美，其收穫也更豐富。

西力不僅取得了技術學院的學歷，娶了美嬌娘，生了一對寶貝，去年更擔負起整個地區的業務，在人人稱羨的美滿裡，我知道這是他堅持所得到的禮物。

曾經有一個實驗是這樣的：

把一盤殘棋給西洋棋的生手看兩分鐘，然後要他把這盤棋重新排列出來，他無法做到；但是給西洋棋的大師看同樣的時間，這位大師卻可以正確無誤的將棋子重新排列。

可是如果把一盤隨機擺放的棋盤給大師看，並請他重新排列時，他的表現就跟生手一樣雜亂無章。

爲什麼會有這樣的情形呢？

因爲大師有著對於棋盤的背景知識，這樣的背景知識會使殘局變得有意義，而亦會減輕記憶的負擔。根據心裡學者的了解，背景知識會建構出來一種基模（schema），會主動去搜尋有用的資訊，並且放在適當的位置。

在「迎接二十一世紀的生物科技挑戰」一文中的一段話：

背景知識就像一個篩網，篩網越細密，新知識越不會流失。比如說，同樣聽一場演講，有人獲益良多，有人一無所獲。主要原因是因爲語音像一陣風，只有綿密的網才可以兜住它。

背景知識又像一個架構，有了架子，新進來的知識才知道往哪兒放，當每個格子都放滿了，一個完整的圖形就會顯現出來，一個新的概念於是誕生。

所以，教育就是讓受過教育的人知道怎樣去使用自己的知識，磨利它、使用它。（洪蘭）

社會上有不少人其實並不一定是那麼想升學，但是卻急著完成該有的程序：國小、國中、高中職、大專院校、研究所；有些人則還在人生的路上徘徊觀望，也許是因爲還沒有啓發，還沒有發現自己的潛能，總覺得自己不是那麼喜歡讀書。面對青春期的孩子，我並不刻意強迫立即選擇，重要的是在學期間積極培養對自己的信心與基本的背景知識，至於什麼時候完成「高學歷」，我相信每個人總有屬於自己的時候。

名牌鞋子與腳

世間有一種比海洋更大的景象，
那就是天空。
還有一種比天空更大的景象，
那便是內心的活動。

——雨果

珍珍個子十分矮小，但聰慧靈敏，也考上了理想中的學校。

但是當有一天，她與班上一位高挑美麗（她的說法）的女同學站在一起等公車時，迎面來了一位班上男同學，自始至終，這位男同學就只跟那位高䠷美麗的女同學講話，甚至連眼光也沒有看矮小的她，連離去時的再見，也只跟高䠷美麗的人揮手，她像是隱形人般不存在，已在人間蒸發。

矮小的她，覺得自己被撕裂了，她的世界整個崩潰。連續一個星期她把自己封閉起來，開始抱怨雙親，把她生得這麼矮，後來抱怨自己，爲什麼國高中時代不好好運動，讓自己長高；後來抱怨天下的男生都是見色忘友。

她無心於課業，也無心與人交談自我封閉起來，甚至有自我放棄的念頭。直到有一天，她看到報紙上的一篇短文，其中一句話：「我一直抱怨沒有名牌鞋子可以穿，直到我看到沒有腳穿鞋子的人。」深深打動她的心，反覆思考。

當她決定改變自己，眼中的世界自然也就跟著改變了。她開始用心求學，積極而且熱心的對待週遭的人，她的生活起了很多的變化。她說：「我不再把注意力放在我的高矮上。那是事實，而且是我沒辦法改變的事實，我不如增加我的附加價值，讓別人看到的不是我的矮，而是我的內容！」

因爲我們夠熟悉，所以我輕聲的問了一句話：「可是，即使你忽略了你的矮，別人還是會這麼說你啊！」

「老師，您怎麼轉不過來呢？就像某次，隔壁班的人來找我，問我班同學，你們班代呢？班上同學回答說，就是最矮的那個。她說的既然是事實，我當它是形容詞，不會受傷的。你不是說過嘛？人家怎麼看我，有時決定在我們怎麼看自己啊！」

看著她活得自在，我再一次從學生身上學習。

某班機因故停飛，機場櫃臺人員必須協助大批該班機旅客轉搭其他飛機。櫃臺前排滿了辦手續的人，這時有一位老兄從排隊的人群裡一路擠到櫃臺前，將機票甩在櫃臺上並說：「我一定得上這班飛機，而且是頭等艙！」

服務的小姐很客氣的回答：「先生，我很樂意替您服務，但我得先替這些排在前面的人服務。」此時這位仁兄很不耐煩的說：「妳知道我是誰嗎？」

只見那位櫃臺小姐從容的拿起麥克風廣播道：「各位旅客請注意，23號櫃臺前有一位先生不知道自己是誰，如果有哪位旅客能幫他辨識身份的話，煩請到聯合航空23號櫃臺，謝謝。」此時排在後面的旅客都忍不住笑了出來。

這位仁兄把臉一擺，瞪著那位小姐，並說出：「Fxxk you！」

只見那位櫃臺小姐露出和氣的微笑回答說：「那您也得先排隊才行！」

不少年輕人以爲人際關係不好，主觀的認定因爲自己長得不夠漂亮，所以不被別人喜歡，卻沒有自覺到是她自己先把心門關上，把別人的友誼拒絕在外的。不是嗎？如果希望看到世界改變，那麼第一個必須改變的應該是自己啊！

試著回憶一個你曾經遭遇的挫折，經過了這些歲月現在的你會用什麼樣心情與態度去面對當時的挫折呢？

蓬生麻中，不扶而直

◆

我們人人都像電腦一樣，
被自己的家庭programmed妥當，
然後按鈕行動。
——家庭治療大師維特格

我在雜誌社工作的日子，總編輯曾經跟我提過態度的重要，他舉了一個例子。

曾經有個留學生在辦理出國手續時，看盡了公務人員的臉色，出國前狠狠的跟人家說，「我再也不回來這個國家！」國家並沒有虧待他，可是代表國家的公務人員卻等同於國家，讓他覺得整個國家如此官僚。

因著這個故事，後來我從事教育工作，也冷眼看著我們給予學生的環境。我們給學生的教育環境，不該僅僅是學校的建築物和教室裡老師的教學，教育環境應該包括環境教育。而所謂環境教育除了包括硬體環境的建築物空間設計與整潔外，更重要的是教職員工任事態度以及面對學生的態度，這些都包含在境教之中的。

紐約貧民區的學生多半來自問題家庭，酗酒、暴力以及亂倫似乎是司空見慣的事，而這些孩子常常複製了父母那一代的問題，沉淪墮落不在少數，即使我們在亞洲，也從許多美國的電影中看到如此的場景。

一位在紐約貧民區辦學的校長，被喻爲紐約貧民區的一個辦學奇蹟。因爲這位校長所辦的學校專爲貧民服務，並且出了許多成功的專業人士。美國一本「六十分鐘時事雜誌」（60 Minutes）曾經專訪他，問他辦學的秘訣何在。他回答說，道理其實很簡單：

「我經常對學生說，不管你家中有多不如意，那是成人的問題，並不是你的責任。可是上課是你的責任，我的工作就是提供一個適當的環境與支持，幫助你達到這個任務，每天在學校的時間，我要求你付出最大的努力。」

帶著三個孩子的珍倩，在畢業十幾年後出現在我面前。身材依舊，美貌與自信更是表露無遺，歲月對她並不殘酷，反倒像是一種魅力的化妝品，讓我目不轉睛，心中想著這眞是十幾年前那個女孩嗎？

見面的驚喜，在於她的已婚、孕育三個孩子、有自己的事業；見面的溫暖，在於她頻頻叮嚀與關懷我的健康；見面的歡愉，在於她幽默風趣與自信的分享；但是，見面之後的感動卻在於她不經意的一段話：

「也許這樣的感謝晚了十幾年，但是我眞的要說謝謝老師當年所給的機會。我一直是一個很自卑的女孩，我知道我不漂亮，我也沒有什麼耀人之處，可是當時老師在教我們時，要求我們自己設計與課文相關的東西上台發表或表演，我在那時候找到了自信。只是那時候我不知道這樣的經驗正在改變著我，現在經過了這麼久，回想起來，我知道我是怎麼開始改變的。所以，老師，我要謝謝妳，也許晚了十幾年，但是我真的要說的是，我一切的改變是從那個時候開始。」

我不知道這樣的課程設計可以改變她的一生，但是我知道，她的一席話，卻是使我受到了鼓舞與肯定，有了持續不斷的力量，我只不過提供了一個讓她看到自己潛能的小小教學環境而已啊！

所以，我們人人都像電腦一樣，被自己的家庭programmed，在青少年尋求自我時，學校教育應該更加用心，提供良好的受教環境，才能將這久已安排妥當的軟體，重新調整。

我家都這麼說

在一個家庭裡以少數優美的事物，
去代替多數無謂的東西，
是一種卓越的技術與優良的觀念。
——富爾敦

格力在班上很不討人喜歡，沒什麼人緣，也常常有女同學來告狀。說他講話的態度太過輕浮，或者他總是「出口成髒」，令人無法忍受。甚至於有一次嚴重到他與另一位女同學在班上起了極大的衝突。他拿書包丟向女同學，而女同學氣得把布鞋脫下要丟向他。

說一句實在話，我也很難喜歡他的，如果不是覺得有深入了解的必要，對我而言，和他說話也是一件很痛苦的事。談話之中，他一定會夾帶著對女生極不敬的三字經，表情態度又是令人有挑釁的感覺，聲音也極其僵硬，絲毫感覺不到善意。

不知道是第幾次談話了，也許前面談話的感覺讓他有了些許的安全感，他開始逐漸柔軟，突然間他冒出一句：「我不曉得怎麼與人相處？在我家每一個人的講話態度都是這樣的。」

聽了我好心疼！霎那間，我真的好想擁他入懷，拍拍他的肩膀說：「這不是你的錯」，他毫不掩飾的呈現了他從小以來的教養，卻在人際關係上感受到極大的挫敗。而別人越抗拒他，他就越逃避、越反抗，結果當然更糟！形成了惡性循環。

一位學生交來有關家庭教育的報告中有這樣的一段文章：

有位計程車司機告訴我，他的三個孩子都上一流大學，而且品學兼優。我問他是怎麼教育子女的，他說：「很簡單，只要你培養他們閱讀和思考習慣就行了。」

他每天一定會陪孩子讀書；孩子做功課，大人則閱讀雜誌或新聞的書籍。除了新聞和特別挑選的節目，他們不看電視，因爲看電視浪費太多時間。他說：

「孩子慢慢長大了，我知道的反而比他們少；孩子變成我的老師，他們會買書送我。現在，他們都上大學，住到學校宿舍去了，我還是在餐桌上看書。桌子雖然舊了，讀的書卻永遠新的。」

坐在計程車的後座，看著五十出頭的司機先生，面帶仁慈，談吐析理令我佩服。

孩子有樣學樣，要怎樣把最好的東西傳遞給孩子，是家長最大的責任。

格力實在是個好孩子，在幾次談話之後，他知道人我之間的不同，也明白在家庭適合的言行不盡然與社會相同，如果他想要獲得友情，他必須改變！他開始認眞的學習，從講話開始注意，一開始他還會不自覺的溜出幾句令人不中聽的口頭禪，但是從旁觀察，知道他「出口成髒」的次數已漸漸減少。

其次，他也從他的態度開始改變，第一件事就是服裝與行止。服裝的莊重至少不再讓人感覺輕狂少年，行止與臉部線條的柔和，也逐漸讓人感到舒服。高三畢業前看他與班上同學和氣融融，心中有無限的感慨！家庭形塑人的力量何其大啊！

幼稚園裡，有二個小男孩在吵架，越吵越兇。

其中一個大聲嚷嚷：「我回去叫我爸爸打你爸爸的腦袋。」

「哈！他才打不到呢……」另一個小孩大笑：「我媽媽說，我爸爸根本就沒有腦袋……」

只有你聽

◆

能改變這世界的，
不是非凡的大事，
而是微不足道的小事。
——史懷哲

畢業後，義力一直與我保持聯繫，更是跟我們全家都成了好朋友。

忠厚木訥老實誠懇的他畢業後成爲業務代表，說實話，我對他的能力與毅力其實是持著保留的態度。業務代表不都是應該能言善道油腔滑調嗎？這麼老實的他能說服老闆進貨嗎？

但是我錯了。過年時，他的業績高達百分之兩百。

他一直對我們全家很好，在我們的認知裡面，早已是家中的一份子了。在高雄有稀奇的地方，他一定會想到帶我們去，在屏東有好吃的地方，我也總不忘請他去品嚐。畢業後的他，在很多方面教導了我。

例如，當時KTV剛剛盛行，報章媒體經常報導的都是負面消息，尤其是年輕人在KTV那裡可能發生性行爲或鬧事等等。有一天，他邀了一些同學來看我，並開口請我們夫妻去KTV，事後他才跟我說：「老師，您從事輔導工作，這地方您應該了解，不能只相信媒體所報導的。」原來，他帶我去「見識」呢！

總之，畢業後的他一直沒有忘記關心老師我及我的家人。家母摔傷了，醫生確定骨盆有裂痕，一定要開刀。家母怕極了開刀「抵死不從」，決定靠著自己來修復，後來朋友介紹一種德國的藥，據說療效非常好。當晚，在屏東所有的藥局詢問，都沒有這藥，也有藥局告知我們這藥已經沒有進口了。我立刻打電話給他，告訴他整個情形，那時已經是晚上十一點了。

沒想到隔天清晨六點半，外子出門上班時，發現藥已經掛在門上了。原來，他由同行處找到藥時已經半夜，開車到屏東更是凌晨，他不忍叫醒我們，所以就把藥掛在醒目的地方。

一回，外子招待日本親人後，開車從墾丁回來時，遭到當地一位醉醺醺壯漢逆向撞擊，當時聽到這消息時，我有點不知所措。剛好他打電話來問候，我就告訴他這事，沒想到他就聯絡了一些朋友到家裡來關心，甚至還要趕到墾丁。如此情深意重，讓我感動，但是我一直沒去想，爲什麼他對我們這麼好，我認爲是他本質裡的尊師重道。

直到有一天，我猛然覺得這一切都不該是理所當然的。我想一定有什麼動力，讓他持續的照顧著我們，我思索著在我教導他們的那一年，可是我眞的想不起我做了什麼，值得他如此貼心對待，我只想起他的週記寫得滿滿的，我們在週記上來回溝通著。我終於鼓起勇氣問他：「你爲什麼對我們這麼照顧，在學校我可也沒有對你特別的好喔！」他沉默了一會，他說：「那時我高二，我覺得你是唯一會認眞聽我講話的人，只有你聽！」

我撇開頭去，不讓眼淚透露我的心情。我眞的沒想到，我只是傾聽，就能擁有著麼好的對待。不記得在哪看到這樣的短文：

有一個人去應徵工作，隨手將走廊上的紙屑放進了垃圾桶，被路過的口試官看到了，因此他得到了這份工作。原來獲得賞識很簡單，養成好習慣就可以了。

一家商店經常燈火通明，有人問：「是什麼牌子的燈管那麼耐用？」

店家說：「我們祇是壞了就換而已。」

原來保持明亮的方法很簡單，只要常常更換。

我感動於他的貼心，卻也珍惜著自己的這份擁有。

原來，許多事是這麼簡單！

有人問大師

最有希望的成功者，
不是有多大才幹的人，
卻是最能善用每一時機
去發掘開拓的人。
——蘇格拉底

珍寶是我的學生，是建教班的學生。但是更多的時候我把她當成是我的老師，她影響我非常非常多。

畢業後的她在某報社的行銷單位，工作是照著電話簿打電話邀請受話者訂報。可是當時的她並不了解聲音原來是可以傳達熱情與溫暖的，當我告訴她聲音是可以引發熱情時，她細細的問我，可不可以隔天到學校找我，她願意學習如何講話。次日她如約到學校，只是沒想到後來的發展遠遠超過我所想像的。

因爲在報社行銷單位工作，所以她有很多聽演講的機會，她一定從屏東鄉下騎著她的摩托車到高雄，而且每一次聽完之後，一定會去購買演講者推薦的相關書籍。此外，她參加一連串的人際關係或潛能開發研習，一方面努力訓練自己，一方面不斷吸收新知。雖然我鼓勵著她，但是不可否認的，我仍然對於她的決心保持觀望的態度，從來不那麼確定她能夠實踐她的理想。

一天晚上，她來家裡聊天到凌晨兩點多，我留她住下來。睡前，她向我要了紙筆，說是要把她的目標寫一百遍。我訝異的看著她，心想怎麼可能？我也毫不保留我的疑惑問她：「睡眼惺忪怎麼可能寫得好看？」她說，她不是爲了寫好看，而是要確定自己有沒有這樣的決心。當下我眞的覺得她是會成功的。

果然，沒有多久，她決定到台北發展，而且從事的還是行銷。即使在學校的時候我曾經跟她們說，在台灣社會對於業務代表的工作評價上負面的多，但業務代表是老闆的前身，因爲他們有很敏銳的嗅覺，有著強烈的企圖心與能力。即使我認爲她已經有了不少的改變與成長，但是放棄穩定的工作與已經擢昇的職務，要去爭取一個沒有保障的工作，我是擔心的。

沒想到第二個月，她打電話給我，說除了領獎金以外，老闆還送她一支筆。我笑著說，老闆好小氣，怎麼只送一支筆。她說，那是一支近萬元的名筆，這樣出去談契約時，筆一拿出來，人家就知道你是挺不錯的業務代表呢！喔！原來隔行隔山，還有這麼一點訣竅呢！

她知道我愛看書，回屏東時總會帶好書送我，有一天我談到我寫了很多與年輕人對話的文章，她鼓勵我應該出書，「老師，有夢要去追尋」，這是我在學校對她們的勉勵，但是，當從這麼優秀的女孩口中說出，我心仍不禁感動。

受到她的激勵，我變得積極了，「溫柔對話」就這樣產生了。接著我參加游泳池的個別教學，學會了高中怎麼也學不會的換氣，那年我三十九歲。接著一連串發生在我身上的變化，就像蝴蝶效應一樣，珍寶就像那隻蝴蝶，改變了我。

有人問大師：如何體驗生命？

大師拿出一個葫蘆和一把粗鹽，交給他說：「裝滿水，把鹽倒進去，使它立刻溶化。」學生說：「葫蘆口太小，鹽裝進去不化，筷子伸不進去，攪不動！」

大師拿起葫蘆，倒掉一些水，再搖了幾下，鹽就溶化了。大師說：

「一天到晚追求，不留一些平常心，就如同裝滿水的葫蘆，搖不動，攪不得，如何化鹽？」

感謝我的學生們，使我常常自我提醒：留些平常心喔！

出書的時候，珍寶正是新婚時，祝福她的婚姻愈來愈好，一如她的成長。

夜市裡的羊猴獅豬

凡事都可行，但不都有益處；
凡事都可行，但不都造就人。
——聖經

昌力是一個笑起來很靦腆的人，可是心裡隱藏著許多情緒，所以經常在下班後，我會在門房附近看到他在徘徊，口中充滿了酒氣；甚至有一天中午，到輔導室來還是滿身酒味，即使我明白他的複雜背景與從小的遭遇，心中多有體諒，但是他沒有辦法紓發心中的怨氣，在他三番兩次的喝酒犯上之後，終究免不了休學。

我的學生中有許多人在家裡是領有「酒牌」的，因爲鄉下地區一起喝上幾口，歡聚一堂似乎也是理所當然的。我並沒有否定酒能治病，也不否定微醺的美麗，有一篇飲者八德，敘述了八種飲酒方式！飲酒方式之外，總也要注意酒品才好。

獨酌：在臨池看書撰文之際，一杯在手，怡然自得，文思泉湧。

淺酌：與素心人淺斟慢酌，肴鮮酒美，興盡而止。

雅酌：三五好友倘佯山明水秀之間，坐臥吟唱花前月下。

豪飲：酒逢知己，互傾肝膽，豪情萬丈，相見恨晚，興盡罷休。

狂飲：酒能驅憂遣愁，悲歡離合、七情六慾任興而飲，不醉不歸。

驢飲：棋逢對手，堆杯換蓋，最後連瓶一傾而盡。

痛飲：憤恨愁怨，積鬱阻胸，但求一醉解千愁。

暢飲：壽慶喜宴，猜拳行令，英雄擺陣，不醉也醉。

據說上古的時候，神、人與動物其實是和睦相處的。神也並不禁止人類喝酒。可是爲什麼後來酒卻又變成穿腸毒藥呢？原來是這樣的：

因爲人類自己的疏忽，發現酒窖裡沒有酒時，已來不及種植釀造。一位老先生以溫柔的聲音告訴人類他願意協助。人類也就同意了老先生開出的條件：分別帶一隻羊、猴子、獅子與豬來。老先生將羊血、猴血、獅子血與豬血分別在四天撒在葡萄園上。葡萄樹果然有了變化：長出小苗、長高、長出酸葡萄，葡萄變甜美。人類興奮得趕快摘下釀成葡萄酒。

可是這人類萬萬沒有想到，當他喝了這老先生幫忙所製成的葡萄酒以後，竟然犯了神所最忌諱的事：淫亂。並且受到神的處罰。他仔細回想自己喝酒以後的行爲，發現果然與自己喝酒以前行爲有所不同：

開始喝酒時，十分舒服，像綿羊一樣的溫馴；可是多喝一點點時，發現自己像猴子一樣的多言多語；再多喝一點時，就變得像獅子一樣；這時候他就犯了淫亂，最後就成了豬，睡死了。

常常在講完故事後，我會提醒學生逛夜市時，不要忘記觀察週遭喝酒的人。開始喝酒時，像「綿羊」一樣溫柔，慢慢的，像「猴子」一樣話說個不停，也許酒後吐眞言就是在這個時候了，常常在這時候會把心裡的話不自覺的透露無遺；到了第三階段更是危險，酒後亂性，發生兇殺案與強暴案恐怕都是在「獅子」這個階段了；最後像「豬」一樣睡死了，當警察到家時，還不知道發生什麼事呢！

許多人爲了工作在吃喝中應酬，把身體吃壞了，喝壞了，卻不見得得到自己所要的東西，眞是「禍從口出」啊！

您喝酒嗎？下回喝酒時，不妨想想自己，看看四周，不防，找一找羊、猴、獅、豬！

誰需要休息？

◆

我曾經受苦，曾經失望，曾經接近過死亡，於是我以我生在這偉大的世界裡為榮。

——泰戈爾

書力在高二的時候有了狀況，導師轉介到輔導室來，因爲情況的嚴重，徵得父母的同意而轉介到精神科就醫。就醫期間，他還陸陸續續的到學校讀書，累了也會到輔導室來聊聊。

他很帥，也很體貼，好的時候非常幽默風趣，我們談話時，有時會談到他小時候，小學或國中時無論他在外面如何的被欺負，都會獨自吞下，因爲「父母在外打拚非常辛苦，我不能再增加他們的負擔」，所以回到家的他一定勤勞的做家事，不讓父母有任何一點不滿意或操心，他越體貼，父母越放心；因爲放心，所以忘記了他還是個孩子，也是需要呵護照顧的。他獨自承受了這許多的情緒，終於在某一個時間點爆發了，這一發就不可收拾了。

病情反反覆覆，越來越嚴重，終於不得不休學。休學後不多久，就聽到他因爲不願意父母擔心，選擇在父母外出工作時結束了自己的生命。聽到消息的那個晚上，我一直在屏東市區走路，抒發自己悲痛的情緒。這麼好的孩子，不願意生病卻生了心病，生了病還擔心成爲父母的負擔，我好心疼！

現代的孩子太早熟，早熟得去承擔父母的情緒，再加上與上一代不同的是，他們活在一個競爭劇烈，而遊戲規則又不斷改變的社會，誘惑力與責任感的衝突，常常撕裂了他們年輕的心，他們必須爲自己找一個出口。沉默安靜而懂事的孩子卻往往也因爲他們過早的懂事而失去了求助的機會，常常等到事情發生時，都已經來不及了。

上生涯規劃課的時候，我常常會讓學生有著不同的放鬆體驗。例如，躺在團體輔導室聽音樂放鬆自己；或者是到操場上打赤腳找一棵樹抱抱；或者是捲一捲報紙用力打著地板；希望學生們在娛樂中也能多少體會課程的意義。

學生豐力傳來一篇文章，很令人深思的，他也不知道出處在哪，只是同學們傳來傳去的，他覺得我會喜歡就轉寄過來了。

有人向大師提起自己的煩惱時，大師要他左手提起剛買的三罐番茄汁，一邊提著，一邊跟他說話。那人左手感覺到疲勞與懊惱的程度，跟時間成了正比。

受不了這樣的酸楚，那人自行把左手放下，卻聽到師父跟他說：「提起來，繼續說。」，過了十五分鐘，實在承受不住了，才聽見大師跟他說：「放下吧！」

停了一會，大師繼續說：「你不喜歡提著重物跟我說話，為何你卻喜歡帶著煩惱來跟我說話，過著你的生活呢？手酸了，放下就好，對待煩惱，不也是這樣？或是這些煩惱就像是那些番茄汁一樣，是你自己用手把它們給舉起來的呢？」

也許心理累了，就該把心事給放下來。休息是為了走更長遠的路，總要懂得舒解自己的壓力，眞的別太累了！

Part 2

接受自己所有

石頭與鑽石
他不是我爸爸
只要我不說
讀你千遍
男女混合雙打
你把星星找出來了嗎？
愛我，請別傷害我
是誰創造了希特勒？
沒有悔意的悔過書

石頭與鑽石

真正的智慧是
知道那些最值得知道的事，
去做那些最值得做的事。
——漢符理

除了專業科目以外，小妞擁有多種才華，而且直到今天我還沒有看到有誰像他一樣，能用那麼鮮豔的顏色做海報。他給我最重要的影響是他的自信。

那是第一年教書，帶的是高二的男生班。班上有一位秀氣的男生，同學都稱他爲「小妞」。初聽這個綽號，我實在有些擔心，唯恐這個綽號會對他造成困擾與傷害。所以我小心翼翼的在個別談話的時候，提起這綽號。沒想到他反而笑了起來，他說：

「老師，我覺得妳很想不開呢！綽號不就跟名字一樣，都只是個稱呼嗎？何況我也不會因爲一個綽號就眞的變成小妞了吧！妳想太多了！」

即便後來我轉換學校，他寄來的卡片信封後面都寫著大大的「小妞」兩個字，想必他還記得我們的對話。

有位名人總是在下班後，在他家拐彎角買報紙。

一天，他與朋友一起回家，朋友看到賣報紙的臭臉，對他說：「這賣報紙的老人家好像人家欠他錢似的，態度眞是差透了！」

這位名人回答說：「他每天都如此！」

朋友訝異的說：「那爲什麼你每天還要來這裡看他臉色呢？」

這人笑笑的回答說：「爲什麼我要讓他的態度來決定我的行爲呢？」

他高三時，我兼任訓育組長。因爲日本姊妹學校來訪，我請他編舞迎賓，並且教學妹。當我看他選的兩個曲目時，著實嚇了一跳！其中一曲是「亞細亞的孤兒」，我問他，我們是歡迎姊妹學校，你選這曲目會不會有點兒不太對勁？他笑著說：

「老師啊！抗日的時候我來不及參與，這時候讓我用這曲目來滿足抗日情懷如何？何況我會讓學妹跳得美美的！他們聽不出來的。」

畢業後他到台北發展，有一回出差，我住教師會館，他來看我，一襲日本年輕人風衣，雙手放在背後，向我走來，然後拿出一束五顏六色的玫瑰花，讓我恍若夢中，年輕不少歲。那也是我第一次看到黑色（深色？）玫瑰，也是第一次享受到浪漫的滋味呢！

後來的教學生涯中，我遇到不少被綽號困擾的學生，我總是會以小妞的故事與他們分享，有時轉換個念頭，比去教育別人的腦袋與嘴巴要簡單多了，接受自己的本相，比去改變別人的看法也簡單多了，也許簡單，才是幸福。

也許這社會雜音太多，感謝上帝，我能聽得到，畢竟有好多人耳聾。
也許這世界紛紛擾擾，感謝上帝，我能看到，畢竟有好多人眼瞎。
也許不想起身面對繁雜的人事物，感謝上帝，我有能力站起來，畢竟好多人躺著。
也許三餐拼拼湊湊。感謝上帝賜我飽足，畢竟飢餓的人是那麼多。
只要我們願意，我們總能體會到生命的美好，即使十分細緻，也是值得感恩，或許我們可以從生活可見之事著手正面思考。例如：
如果你姓石，下回當別人問你時，你不要說石頭的石，而是說鑽石的石；如果你來自「有德企業」，不要說有沒有的有，不妨說有錢的有。
試試看，在你的名字、地址中，你一定可以找出鑽石！

他不是我爸爸

教育最純粹明智的目標，是盡力讓我們以客觀的態度去觀看及想像這個世界，而不是單純的通過個人慾望的扭曲。

——羅素

誰沒有年輕過？年輕時的狂妄與自卑，我想許多人都經歷過。

在一次與學生父母的座談會中，有父母對於孩子的不滿感到非常憤怒與沮喪，她認為自己已經做得盡心盡力了，可是為什麼孩子還是這麼的不懂感恩？開始時我沒有正面回答，我問在場的人，在我們成長過程中，我們有沒有曾經希望是別人的小孩呢？有沒有對自己的雙親不滿呢？只是，從前「望子成龍，望女成鳳」的優勢，現在被「望父成龍，望母成鳳」所取代。

增力是我的學生，也給了我很多學習，最近聽同學說，他與雙親住在一起，而且甚為孝順，讓我想起一件往事，也許他自己都忘記的往事。

那一年，有一位臉上寫著風霜，穿著工作服的人到班上來找他，在教室外面徘徊，他站了起來，跟我說他要出去，有人找他。我順口問他，那人是誰？他遲疑一會，說是家裡的工人。我看著他們對話的情形，直覺上認爲他說謊，所以在他們談完話以後，跟了出去，我只是想我該以導師的身分與那先生打聲招呼。主要當然是想順便知道他在家中情形。

在我們談話中，我感覺他的緊張與慌亂，所以在結束談話前，我很客氣的問了一句：「請問，您是他的？」

「父親！」在那位先生回答的同時，我與他都顯得不安，我看了他一眼，笑笑著對那人說：「你兒子在學校表現得很不錯，不要擔心。」

事後我的確狠狠的罵了他，他也表達了歉意，他說他只是怕老師看不起他。那時我心好疼，如果父親知道年輕人的心，那將是何等錐心刺骨的痛呢？

一個男孩想要一輛新車作爲畢業禮物，他的父親也不厭其煩地帶他跑了很多家車行。畢業典禮後回到家中，他期望著他家門口會停著那輛他最喜歡的新車，沒想到，只見他爸爸笑咪咪地從書房裡捧出一本燙金的聖經來，對他說：「兒子啊，老爸眞高興你畢業了，這是我認爲人生最珍貴的禮物！」當時，一股怒氣充塞了這個兒子。他二話不說，掉轉了頭就往外走，一走，就走了三十幾年。

在他父親的喪禮上，這個兒子終於回來了，當他走進他昔日的房間裡，在他的書桌上，躺著那本令他徹底失望的「畢業禮物」——聖經。他坐下來開始翻著他三十多年前拒絕的「禮物」，也看到聖經的內頁有著父親的筆跡；

「給我心愛的兒子·湯米，願你如鷹展翅上騰·奔跑卻不困倦，行走卻不疲乏。」

他又翻過一頁，展現在他面前的，是一張發黃了的支票，那票額，正是當初他看中的一部車子的價錢，而那日期，正是他畢業的日期。

父母通常「必須」用愛心與耐心等待孩子成長成熟，只是我們親愛的孩子不知是否了解，父母之年有時是無法等待的！

你能寫出父母生日，父母最大的心願嗎？看看你了解父母多少呢？

只要我不說

世界上最好的教育是由求生的掙扎而得來。
——菲力浦斯

在車棚的角落裡找到珍妮的時候，我很清楚爲什麼她躲在那裡，這樣做使她覺得安全，每次只要有不如意的事，她總是習慣把自己隱藏起來，就像她從來不跟別人談起母親的離去。

母親在她高一的時候過世，但是除了請喪假時告訴導師以外，就連她國中的好朋友她都沒有通知，因爲她認爲：「假如我沒有告訴別人媽媽去世，那麼媽媽就一直是活著的。」

其實珍妮，就是我的翻版。我們形式不同，意義相似，總是因著年輕無法承受死亡所帶來被撕裂的感覺。天會亮、夢會醒，對已逝親人的思念是如此無聲無息，無日無眠！這也就是爲什麼從事教育工作多年，對於遭喪的學生，只要我知道，除了親自弔唁之外，我一定特別陪他走過這一段路。

其實在這樣的過程裡，孩子最常問的問題是：「爲什麼我會遭遇這樣的事？」爲什麼？我也不懂，但是也許這樣的故事可以有些思索！在現實生活中，我們常自認爲怎麼樣才是最好的，但事實不一定如此。

北歐教堂裡有位看門的人，看十字架上的耶穌，每天要應付這麼多人的要求，於心不忍，希望能分擔耶穌的辛苦。耶穌果然聽見他的心聲，與他對調職務，但是有一個條件是：他不能開口說話。

一天，一位富商祈禱後離去，忘記手邊的錢。接著，來了一位三餐不繼的窮人，他祈禱耶穌能幫助它渡過生活的難關。離去時，發現先前那位富商留下的袋子，高興得不得了，耶穌眞好，有求必應，萬分感謝地離去。

接下來有一位要出海遠行的年輕人來到，他是來祈求耶穌降福他平安。正當要離去時，富商衝進來，抓住年輕人的衣襟，要年輕人還錢，年輕人不明究理，兩人吵了起來。

這個時候，十字架上僞裝的耶穌終於忍不住，開口澄清。於是富商去找窮人，而年輕人則匆匆離去搭船。

正在僞裝的耶穌覺得自己把眞相說出來，能夠主持公道，正在洋洋得意時，耶穌出現說：

「你下來吧！那個位置你沒有資格坐了。」

看門人不了解自己哪裡錯了。耶穌說：

「那位富商並不缺錢，他那袋錢不過用來嫖妓，可是對那位窮人，卻是可以挽回一家大小生計；最可憐的是那位年輕人，如果富商一直纏下去，延誤了他出海的時間，他還能保住一條命，而現在，他所搭乘的船正沉入海中。」

這是一個聽起來像笑話的寓言故事，卻透露出也許凡事自有安排。如果我們了解這一點，就會相信，目前我們所擁有的，不論順境、逆境，都是神對我們最好的安排。若能如此，我們才能在順境中感恩，在逆境中依舊心存喜樂。

我們也許並不了解我們現在所遭遇的，但可以想想這句話：「不是得到，就是學到」喔！

讀你千遍

生命不在於長短而在於我們怎樣利用它，許多人活很少的日子，卻活了很長久。所以你活得夠與否，在於妳的意志，不在於年齡。

——蒙田

帶著美美的妻子與一雙兒女，適力刻意繞過來看我。我懂得他的心情，在我幾次生命交關的時刻，他總會帶著水果來看訪我、鼓勵我。

婚後的他更顯得成熟穩重，知書達禮的妻子，更襯托他的幸福，他對工作的認眞與執著，可以從他被長官擢昇，賦予重任一事看得出來。可是我從來沒有問他，爲什麼他對我這麼好，我總是在想，是不是跟他在高中時候喪母有關？

當年知道他母親過世時，我趕了過去，拍拍他的肩膀與他一起流著堅強的淚。當時我還看到他手上的抓痕，輕撫著那痕跡，我有著無限的想像。也許他看到我的不安，他說：「因爲在鄉下，有野貓。我們的習俗是如果有貓跳過棺材，對死者或家人都是不利的。這是貓抓傷的痕跡。」他對母親的思念，可以從他瘦了一圈感受得到，他守靈的憔悴與專心，手上的傷痕就是證明。

我們對於父母的孺慕之情不都是如此嗎？台諺有句話說：「父死路頭長，母死路頭斷」，意思是說年幼的時候父親過世，人生漫漫旅途困難可見，可是母親過世之後，更是沒有「娘」家的悲哀。希望擁有父母的孩子們都能珍惜著父母的愛。

地鐵的車廂裡，一位父親帶著兩個男孩上車。上了車，兩個小孩逕自玩耍，完全沒有顧及他人的感受，終於有人受不了沒有規矩的他們，然後開口指責父親：「你怎麼不好好教養你的孩子呢？」

父親含淚跟對方說：「抱歉！剛剛接到他們的母親過世的消息，我實在沒有心情。」

車箱內一片寧靜，許多人顯得不知所措。接著有人抱抱孩子，有人跟孩子講起故事，整個車廂氣氛變了。

當我們能夠同理別人的遭遇時，也許我們就能夠多一份寬容與關照，少一些批評與責難。

有一次在輔導團的專業研習上，吳熙娟教授問我，回顧過去，有什麼事情影響著我對生命的態度？我想了一會，還是提到父親過世的那一段經驗。當時的我，聰明的以爲，我只要裝作沒事，事情就眞的沒有發生過。但是沒有人教導面對死亡的孩子，還能用什麼來處理自己的情緒呢？

我一直不知道那樣的生活態度，影響我甚鉅。直到有一回參加研習，一位高中同學，要我猜她的名字，並對著我說，我們高中時還挺好的。我卻怎麼也想不起來，我才開始反省並回顧過往，才知道原來是來自於當時強迫自己忘記的習慣。在我看清事實之後，我才眞正的有了屬於自己的人生，也才眞正能夠在學生的遭遇上有了貼切的陪伴。

追念一位不在人間卻曾經深深影響你的人，寫下他影響你的三件事。也許你會發現，他的影響超過你所能想像的，那麼同樣的，我們所作所爲不也都會影響著別人嗎？

男女混合雙打

◆

教育的目標應該是將心智轉變為活水泉源，而不是成為蓄水池。

——美松

興力是主動到輔導室當義工的，他挑了一個固定的時間，默默的來去，一直是獨來獨往，但是認眞負責讓我放心。有一回問他，是不是不習慣與他人共事？他笑笑的回答：「我習慣一個人做。」不過後來觀察，知道在班上他也因爲個性關係，並沒有太多的同伴，顯得孤獨。

終於有一次辦活動的機會，我藉口人員不足，找了一個適合他的工作請他幫忙，也交代負責的同學要邀請他加入工作行列，原本只是想試試看他與他人相處的情形，是否能夠喚起他青春的容顏。沒想到，才過兩天，他已經有說有笑，居然還會跟我哈拉起來。

他的改變讓我高興了一個禮拜，終此一生，他不會知道我做了這麼一件事，但是因爲他的改變更讓我覺得，提供孩子一個自在安全的學習環境是何等的重要！

不過，話說回來，學校能做的畢竟有限，學生問題肇因於家庭，形成於學校，顯現於社會。家庭教育還是最重要的呢！即或現在孩子的國文程度不佳，對家庭的感受力可仍是絲毫不減啊！

老師出了一個題目「我的家」，小明寫：

「我的家有爸爸、媽媽和我三個人，每天早上一出門，我們三人就分道揚鑣，各奔前程，晚上又殊途同歸。

爸爸是建築師，每天在工地上比手畫腳；媽媽是售貨員，每天在商店裏來者不拒；我是學生，每天在教室裏呆若木雞。

我的家三個成員臭氣相投，家中一團和氣。

但我成績不好的時候，爸爸也同室操戈，心狠手辣地揍得我五體投地，媽媽在一旁袖手旁觀，從來不曾見義勇爲。」

老師問小明：「你考試成績不好的話，你父母怎麼懲罰你？」

小明答：「80分以下女子單打，70分以下男子單打，60分以下男女混合雙打。」

石滋宜博士認為應注重0到6歲的人格教育，使他們成為情緒智慧的資優生，他曾經對人格教育的內涵有以下的六點說明：

1 **誠實正直**：養成言行一致的習慣，最重要的是，不能欺騙別人，更不能欺騙自己。

2 **責任心**：為自己所作所為負責。

3 **榮譽**：勇於任事，同時就會有求好的動力。

4 **尊重異見**：給小孩寬敞的視野是重要的，因為養成懂得聽，尊重別人的想法，是民主教育的根源。

5 **分享**：懂得給予，你會得到更多，也是組織學習很重要的過程。

6 **創意**：在開放的心靈中，創造力會源源不絕。

這是父母給小孩最好的禮物。身為老師的我們提供了幾樣的學習呢？而身為青少年的朋友們，或者可以此檢視你自己，在家庭裡你獲得了幾樣禮物？而其他的禮物，可不可以試著從學校取得呢？

你把星星找出來了嗎？

愉快的思想造成愉快的生命，所以，將愉快的思想蘊蓄你心中吧！

——威爾斯金

◆

與珍慧相擁整整一個多小時的經驗，對我倆而言，恐怕都是一生難忘。

最疼愛她的兄長過世，依習俗父母不能去探望，只能讓完全沒有準備的珍慧去處理。當她看到兄長因車禍拖行的臉完全變形時，她從此失了方寸。連著三天不吃不眠，導師徵求她同意帶著她來看我，因為事前導師已經把事情大略告訴我，所以我什麼話都沒有說，只是擁她入懷。

她哭得很大聲，她的淚濕透我的衣裳，擁抱著她的時候，一方面心疼她小小年紀要承受這樣的生離死別，尤其是來得如此突然，讓她措手不及；另一方面我卻爲她能夠如此嚎啕大哭而高興，因爲唯有把眼淚流出來，讓心情叫出來，才能夠減輕一點點悲痛。能夠適度的表達自己的軟弱與痛苦，其實是很幸運的。我還擔心我的淚有沒有透過她的髮梢灼傷了她？

事後我想，如果高一父親過世那一年有人讓我靠著哭，讓我盡情叫，我是不是會少去一些摸索與挫折？我是不是能夠早一點卸下堅強的面具，眞誠的對待自己？

不過無論如何在我們走過的歲月裡，別人只能聽著、看著、爲我們擔心，卻是無法替我們走過我們的人生。如果我們的親人離去是必然的，那麼請讓他好好的走，不要讓她帶著沉重的牽掛；如果我們愛我們的親人，不要因爲我們的不捨與難忍，讓我們活著的親人爲我們牽腸掛肚，我一直沒有忘記在我因爲父喪而開始墮落時，默默看著我的一位師長所說的一句話：

「當你想爸爸時，請找到天上最明亮的一顆星，他在那裡，他希望你過得好，請你不要讓他操心。」

雖然我長大後，知道爸爸並不住在那最亮的一顆星星上，但是我知道，我愛他，我希望他不要爲我擔心，我也希望我陪著走過的孩子都懂。

吉力的經歷更是讓我心疼。小學四年級的他以爲只要他如媽媽所說的：「每一科都考一百分」媽媽的病就會好起來。沒想到，在他用功讀書，眞的拿到每科都滿分時，媽媽卻仍然過世了，他憤怒媽媽的食言，卻也悲憤自己的遭遇，所以對生命有著太多無言的抗議，當他在輔導室說起這生命的故事時，冷漠的表情好像敘述著別人的故事，而我只能，只能拍拍他的肩膀，無言。

美國年輕軍官調派到一處接近沙漠邊緣的基地。由於可以攜眷前往，妻子執意陪同。該地酷熱難耐，風沙多且溫差變化大，更糟的是沒有人懂英語，連日常的溝通都有問題。妻子無法忍受這樣的生活，寫信給她的母親，訴說生活的艱苦難熬外，信末還說她準備回去繁華的都市生活。她的母親信上寫：

「有兩個囚犯，他們住同一間牢房，往同一個窗外看，一個看到的是泥巴，另一個則看到星星。」

從此，她便對自己說：「好吧！我去把星星找出來。」她改變了生活態度，積極的走進印地安人的生活裡，學習他們的編織和燒陶，並迷上了印地安文化。她還認眞的研讀許多關於星象天文的書籍，並運用沙漠地帶的天然優勢觀察星星，幾年後出版了幾本關於星星的研究書籍，成了星象天文方面的專家。

親愛的，你把星星找出來了嗎？

愛我，請別傷害我

人生的價值由人自己決定。

——盧梭

認識欽力是因爲我要到教官室，剛好他從教官室走出來，人高馬大，很帥的孩子，但是眼眶是紅的，一打照面我心裡就知他有事。走到他旁邊，輕聲的問他：「到輔導室來聊聊吧？」他停頓了一下，也許看看四周已經上課了，所以只好點點頭。陪他走上輔導室的路上，他總是頭低低的，不發一語。

後來他終於開口了，他說：「我父親從不叫我名字，也許我和他無緣，從小到大，我只記得他叫我ㄌㄨㄣˋㄙㄜˋ（垃圾）」，我聽了好辛酸。這麼棒的一個孩子，可是卻從來不曾得到父親的愛！他只能在球場上發洩他的憤怒，可是我更擔心他未來在情感上的解決模式。

我想起了另一個孩子，是朋友的孩子，常常在半夜被酒醉的父親叫起來打罵，每天渾身是傷，媽媽爲了家庭的和諧，總是叫他要忍耐，而且母子都不輕易告訴他人。當時受虐兒的訊息還不是這麼多，所以也沒有人特別去關懷他，不知道學校老師是沒有發現？或者是清官不斷家務事？一直到高中還是如此，孩子的母親才說了出來。

記得曾經聽過一位國內知名的基督徒作家談起她早年經驗，她說她的父母親因感情不睦，經常爭吵。最後父親對母親動刀槍而入獄，母親帶她改嫁。繼父從來不正眼看她，對她的稱呼也只是豬腦袋、賤骨頭之類的，不會叫她的名字，同學也以拖油瓶叫她，不跟她玩。

在沒有任何愛的滋潤下，她留級兩年、自殺兩次，因爲就像所有被忽略的孩子，她找不到自己的定位、人生的方向。但是在同學帶領之下，她慕道、她信主，終於在主裡面她得到喜悅，從此她才眞正享受到愛。於是她考大學、努力工作與寫作，竟然還可以參加美國總統的早餐會報，她很感慨的說，唯有被愛的人才能感受到自我的價值。因爲她所有的改變是從她覺得她被愛開始。

無論世界如何的變動，我們很清楚也很明白家是堡壘，如果我們回到家中，卻又用言語彼此傷害，用暴力互相攻擊，有如地獄的困境，這是我們都不樂意看到的，假如家庭暴力眞的發生在我們周遭，請在身心靈上幫助他們！

老師讓同學回家後寫一篇有關國家、黨、社會和人民的

作文。小明不理解這些詞的含義，就去問爸爸。爸爸告訴他：「國家是最大的，就像你奶奶。黨是最有權利的，是一家之主，就像我。社會就是爲黨和國家幹活，還得聽黨的，就像你媽媽。人民就是最小的，說什麼也沒人聽，就像你。」

晚飯後，小明想寫作文，可是還不是很明白這些事，就想去問奶奶，可是奶奶已經睡了。小明去找爸爸，爸爸和媽媽正忙著床上運動，爸爸一看他來，兩個耳刮子就給打出來了。小明沒有辦法，只好抹抹眼淚，回房間自己寫作文了。

第二天，爸爸接到老師的電話：「你是小明的父親吧？關於小明的作文，寫的太好了，我懷疑不是他自己寫的：『小明的作文寫：國家已沉睡，黨壓迫社會，社會在呻吟，人民在流淚。』」

你呢？你會怎麼形容你的家？

是誰創造了希特勒？

請不要輕看你身邊的人，
因為你不知道神是在他心中，
還是在你心中！

——長輩

◆

珍晴的家庭算是弱勢，貧窮也許只是生活可見的方式，還有其他令人心疼的背景。但是珍晴雖然來自她口中被人輕視的家庭，長得也不起眼，怎麼看她都是鄰居女孩，一點也沒有能力去應付繁雜的事務，但是她卻又是不能讓人小看的人。畢業以後經過幾年努力，成爲公司的經理，笑起來依舊靦腆，說起話來依舊輕聲細語，可是每次在聽她分享辦事的俐落卻令我拍案叫絕，自嘆不如。

洋力來自家暴家庭，對於別人使用的語言相當敏感，有一陣子的自我封閉，但是終究在自己的努力下有了一番光景。在學校期間不斷的參加活動，在活動中肯定自我，在活動中檢視自己，畢業之後，在

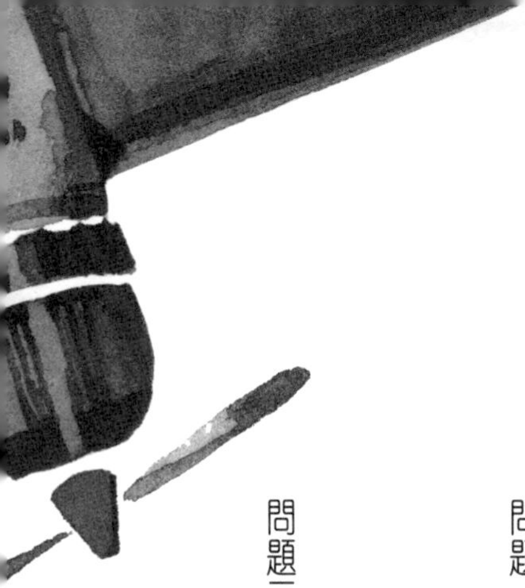

某一公司擔任企劃員的工作，據他說，這是最適合他的工作。把歡笑帶給別人，也提醒自己，事情不總是糟糕的。

長輩對我說了一句很受用的話「請不要輕看你身邊的人，因爲你不知道神是在他心中，還是在你心中！」。教書以後，更是小心翼翼，因爲每個孩子都有一個看不見的未來，但我相信在他們心中，會有著一顆柔軟的心。即使他們成長的環境不如理想，但是只要給他們機會，我相信心中的柔軟會綻放出美麗的花朵。

有兩個問題，是學生要我試著回答看看的：

問題一：如果你知道有一個女人懷孕了，她已經生了八個小孩，其中有三個耳朵聾了，兩個眼睛瞎了，一個智能不足，而這女人自己又有梅毒，請問，你會建議她墮胎嗎？

問題二：下面是關於這三位候選人的一些事實，請問你會在這些候選人中選哪一個？

候選人A：跟一些不誠實的政客有往來，而且會諮詢占星學家。他有婚外情，是一個老煙槍，每天喝八至十杯的馬丁尼。

候選人B：他過去有兩次被解雇的紀錄，睡覺睡到中午才起來，大學時吸過鴉片，而且每天傍晚會喝一夸特的威士忌。

候選人C：他是一位受勛的戰爭英雄，素食主義者，不抽煙。只偶爾喝一點啤酒，從沒有發生過婚外情。

第一個問題的答案令人訝異，因爲懷孕的婦人正是貝多芬的母親！如果你的選擇是建議那位婦女墮胎的話，那麼你就殺了貝多芬。

第二個問題答案是：候選人Ⓐ是羅斯福；候選人Ⓑ是邱吉爾；候選人Ⓒ是希特勒。

看完題目與答案，我知道這是對我的提醒，也是對自己未來的期待。身爲教育工作者的我，是不是常常主觀的扼殺了貝多芬，卻創造了希特勒呢？我們自以爲是的人道主義或者價値觀念，會不會是毀人於無形的工具？要常常提醒自己，不要「毀」人不倦啊！但是假設沒有價値教育，我們是不是也在創造許多生活上的希特勒呢？

沒有悔意的悔過書

我深信世界上最好的教育，
是在不知不覺和長輩談話中
所獲得的。

——巴威爾

珍綺前一個晚上與父親起了很大的衝突，口不擇言的說了一些不好聽的話，她看到父親臉部明顯受傷的表情，可是又拉不下臉來，因爲向來她不敢跟父親頂嘴的。於是一大早就跑到輔導室來，將昨天發生爭執的來龍去脈大概說了一遍，在對話中，她自己似乎找到了答案，問我：「我不敢用說的，因爲我一開口，一定又有情緒，我寫個信道歉好嗎？」

我很高興她這麼快就找到方法了，但是我仍然不放心的希望她把寫好的信拿給我看。想必她沒有心情上課，所以她在第二節下課就把草稿拿給我了。我一看，不知道該笑還是該生氣？這封道歉信是這樣寫的：

「爸爸：昨天是我不對。但是如果不是因爲你說了〇〇〇，我也不會生氣；如果不是因爲你做了〇〇〇，我也不會說那些話；如果不是因爲……」

一封短信，寫上幾個如果不是，整封信看來，除了第一句話還像道歉以外，似乎昨天的衝突錯都在父親身上，這信可眞一點也沒有道歉的味道啊！但是很明顯的看到她已經勇敢的跟父親說話了。不過，我還是替她改了改內容。

珍靈也是在與父親衝突之後，來到輔導室。父親狠狠的打了她好幾個巴掌，只因爲覺得她變壞了。她紅著眼睛，委屈的跟我說：「我眞的沒有變壞，我只是想要擁有自己的生活，只是想要有決定，有小小的決定權而已！可是爲什麼父母總是不能夠理解我已經長大了呢？」

有一個老師生病住院，一個育幼院的小孩與她住同一病房。老師每天都有許多親朋好友來探望，送她一束束漂亮的花。育幼院經常跑到老師的床邊與老師聊天，很高興地賞玩那些漂亮的花，眼光中流露出羨慕的眼神。

老師看到小孩這麼喜歡花，很想把一些花送給他，可是想到這些花是校長送來的，有些是同事送的，她有些遲疑，深怕對不起送花的親友，心想也許應該另外買一束花送給這個小孩吧！

兩天後，小孩要出院了，育幼院的人員來接他，他們帶來一朵紙做小花，歡迎他康復回「家」。臨走前，小孩走到老師的床邊把他唯一的一朵小花拿給老師，並向老師說：「感謝老師這幾天給我看那些漂亮的鮮花，我沒有很多花，但是我終於有了自己的花，這一朵小花送給您，祝老師早日康復。」

瞧！屬於自己的花是一件多麼愉快的事。她渴望有自己的花，一旦擁有，她並不一定自己獨占，只是至少她有了決定權。其實這也是我們青春期孩子的小小渴望吧！如果我們能夠同理他們這樣的心情，也許衝突就會減少一點。

Part 3

栽培自己可用

- 小小心意，大大不同
- 如果你的汽車會游泳
- 你看過「天地一沙鷗」嗎？
- 我用什麼活下去
- 不是撐著不死，是好好活著
- 司馬相如與卓文君
- 你放對地方了嗎？
- 你會不會被丟出去？
- 誰從這裡走出去？

小小心意，大大不同

聰明人憑理智行事，
領悟力較少的人憑經驗；
愚昧的人憑需要，走獸則憑天性。
——西賽祿

◆

珍麗就是一個認眞的人。每一件事都做得非常用心，有一次我誇她的細心，沒想到她卻紅著眼睛談到童年回憶，她說：「因爲在大家族中，要生存就要耳聰目明，能夠察言觀色，我是這樣被訓練的。」只是很可惜，她的優點在家族中被視爲理所當然，她渴望的肯定與誇獎又似乎遙不可及，她就只能努力、認眞的把每一次事情做好，寄望下次能得到鼓勵。

在亞都飯店除了嚴長壽總裁外，還有一個人非常有名，那就是門衛（doorman）老吳。他有多厲害呢？客人到亞都飯店住房，第一天早上出門見到老吳時，他就會親切地對客人說：「先生早，可以幫你嗎？」只要是在台北市內，老吳一看到地址，就知道是哪一幢大樓、哪一個機關。

第二天老吳一見到同一位先生就問：「林先生早，要叫計程車？還是去老地方嗎？」第一天或許因爲老吳不認識客人，所以不知道他的名字，但第二天老吳一定會查清楚客人的名字。

有一天，我和一位客人在飯店談事情，談完之後，送客人到飯店門口，同時也請老吳幫忙叫一部車，結果在叫車前，老吳居然對這位客人說：「小姐，妳的眼鏡呢？」這位小姐才想起來，她把眼鏡留在方才的桌上忘了帶。至於老吳怎麼知道呢？原來這位客人進飯店時，問了他總經理辦公室怎麼走時，老吳只看了她五秒鐘，腦袋就像掃瞄器一樣，把這位客人身上的裝扮全記住了。

老吳最喜歡在下雨天爲客人服務了，因爲這種天氣很難叫到車，客人常常會因此多給一些小費。如果下的是毛毛雨，客人大都給一百元；雨大一點，有人會塞五百元；雨再大些，始終戴著高帽子的老吳就是不撐傘，就有客人會掏出一千元。替客人關上車門後，老吳一定叮嚀司機：「小心慢慢開。」這麼貼心的老吳，當然是亞都飯店門衛的冠軍！」（摘自「位位出冠軍」）

其實，許多的事情都是從小處著手，小小心意，大大不同。在許多演講的場合，我常常會用到「引爆趨勢」這本書中，描寫紐約地鐵犯罪率下降，引起學者的注意的這個研究。因爲這個研究結果令人訝異，研究者發現，地鐵局「居然」只做了兩件事，第一件事是加強查緝逃票，第二件事是只要有人在牆壁上塗鴉，立刻再漆回白色。這兩件事發生什麼效果呢？

原來，逃票中竟然有相當比例的人是通緝犯並帶有槍械，因爲查票緊了，所以犯罪率下降；其次因為環境明亮，所以大家心情也好了，少了爭執也覺得安全。只做兩件小事，卻成就了紐約地鐵的治安。所以，「勿以善小而不為，勿以惡小而為之」！

珍麗終究因為她的細心與用心得到屬於她的幸福，當她帶著孩子來看我時，看著她對孩子態度，耐心的教導，建立良好的生活習慣，這同時也給予她的孩子肯定與讚美，我知道她已經走出一條屬於她自己的幸福之路。她接受了她之所以為她，卻也有能力給了孩子她曾經缺少的。

司馬相如與卓文君

一切真摯的愛是建築在彼此的尊敬。

——柏金漢

「老師，您在哪？我是珍香。」急促的聲音，讓我以爲有什麼重要的事情。但是我正在與幾個朋友吃飯，恐怕還要至少半小時才能回到學校。珍香願意在辦公室等我。

原來，她爲了要採買過年送給客戶的年貨，卻在家樂福的書架上看到「向生命撒撒嬌」一書，她翻了一下書，心疼於我癌症化療，車子一開就衝動的到學校來看我。一見面就抱著我哭，「怕再也見不到我了嗎？」我笑著講，被她槌了一下。兩個孩子的媽，身材依舊皎好。

在學校時珍香是一個獨立自主的女孩，大方開朗而且熱情，畢業之後所到的公司都讓上司器重，但是總也敵不過世俗的要求與父母的期待，相親結婚了。婚後的她洗手做羹湯，以爲只要努力付出就能更得到夫家人的認同，所以她眞的做到了大門不出，二門不邁，把家裡整理得一塵不染，很少與同學朋友們聯絡，也沒有自己的娛樂，娘家很少回去，以夫家爲中心，以小孩爲重心。

當她聽到婆婆跟人家說，這是她用錢買來的時候，她整個心都碎了。她仔細想想幾年的婚姻生活，沒有自己的錢也沒有自己的時間，所有辛苦的付出更得不到家人的認同時，她說：「我以爲婚姻是只要你努力就會得到長輩的歡心，丈夫的尊重，後來才發現，你要有經濟能力，你才會因爲你的自信而得到尊重，老師你說的話我現在才懂」，什麼時候懂不重要，重要的是她懂了。

她解下了她的戒指，重新在工作中出發，找回了原來獨立自主、大方開朗的自己，她暫時把戒指的浪漫藏在心底深處，現在的她，滿意現在的生活，因爲重新出發的感覺眞好。

山窮水盡，其實也正是柳暗花明的契機。端看你怎麼面對，怎麼做出聰明的選擇。至少，就有兩個選擇：「向上提昇」或「向下沉淪」。

司馬相如和卓文君的愛情故事在西漢時令人津津樂道。據說當他封爲中郎將時，覺得身份不凡，曾經興起休妻的念頭。他寫給卓文君一封信：「一二三四五六七八九十百千萬」十三個大字。卓文君看了信，知道丈夫心意，十分傷心。想著自己如此深愛對方，對方竟然忘了昔日月夜琴挑的美麗往事，就提筆寫道：

「一別之後、二地懸念、只說是三四月、又誰知五六年、七弦琴無心彈、八行書無可傳、九連環從中折斷、十里長亭望眼欲穿、百思想、千繫念、萬般無奈把郎怨、萬言千語說不盡、百無聊賴十依欄、重九登高看孤雁、八月中秋月不圓、七月半燒香秉燭問蒼天、六月伏天人人搖扇我心寒、五月石榴如火，偏遇陣陣冷雨澆花端、四月枇杷未黃，我欲對鏡心意亂，急匆匆、三月桃花隨水轉，飄零零、二月風箏線幾斷，郎呀郎、巴不得下一世，你爲女來我做男。」

司馬相如收信心驚歎不已，夫人的才思

敏捷和對自己的一往情深，使他很快地打消了休妻的念頭。

有人說，年輕時和情人分手，想到的都是彼此間還沒有完成的事，爲著來不及實現的山盟海誓憤怒、懊悔、流淚；中年的分手，想到的卻是已經完成的部分，爲著彼此間曾經擁有的美好歲月和付出感激、懷念、流淚。

一路行到水窮、坐看雲起，心裡總是一清二楚的。不妨就謝謝生命裡曾經一起走過某些段落的人吧！因著他們，我們才能活得更豐富。

如果你的汽車會游泳

孩子們起先是愛父母的，
長大一點，觀察父母，
有時得寬恕他們

——王爾德

◆

次力來自暴力的家庭，對他來說，保護媽媽成爲生活上重要的功課，他曾經分享母親被父親拿刀追殺的經驗，雖然在我們相識時，這些早已成爲過去，而他講起來也是雲淡風輕，但是我知道那實在是不可承受之重啊！可是次力在學校的表現卻是相當優異，如果他不談起這些過去，我也不會看到他的淚水，但是我看到更多的是他談到未來時，眼睛裡的光彩。

兩兄弟在美國的貧民窟成長，家庭的經濟來源是社會救濟，父母吸毒、不務正業，父親幾乎大半時間在監獄裡渡過。但兩兄弟日後的成就卻是大不相同：弟弟也和父親一樣的生活方式，沉淪墮落；但哥哥卻是一位名律師。記者得知這位律師的出身背景之後，很好奇的來訪問他。他說：

「因爲我出生在這樣的環境中，我毫無選擇的能力，但我知道，假如我努力，我就能夠改變我的生活。而我的弟弟卻不這樣想，他認爲他出生在這樣的環境中，他毫無選擇的能力，所以他最後也只能像父親一樣。我的結論是：『我們的生活都照著我們所想的成就了。』」

這位律師的出身不好，不完美，可是因爲他的努力，他的出身反而成爲他的「完整」經歷。也許當我們回過頭去看我們生活時，許多的經歷仍舊會讓我們心痛，但對於我們親愛的孩子，是不是可以讓他們試試看，再次思考看看這些經歷？然後整裝出發？如何平撫：「爲什麼是我？」的哀怨或憤怒，如何轉念，並且輕放過去，實在是一件不容易的事情。過去不是不記得，當然更是無法抹滅，但是如果能夠以幽默的心去面對我們所處的困境，接受現實去接受遺憾而不是怨天尤人，那麼我們才有能力去創造屬於自己的未來。

我們不是爲了抱怨而來到這世界的！但是如何找到我們來這世界的意義呢？這是不是教育工作者的責任之一？可是許多的大人們（也許也包括了教育工作者）不也仍在尋尋覓覓這個答案嗎？在還沒有答案之前，我們可不可以先學會幽默呢？如果束縛是必須的，那麼生活加上一點幽默，也許會讓痛苦與箝制變得比較可以忍受，國外的交通單位豎立警世標語可就有此功能呢！

●美國西海岸一條公路的急轉彎處，有一幅標示語如此警示駕駛人：

「如果你的汽車會游泳，請照直開，不必煞車。」

●瑞士有美麗的風光、筆直的公路，頂級的開車享受常使駕駛人不知不覺猛踩油門，於是在公路旁就豎著這麼一塊牌子：

「請駕駛朋友密切注意，目前醫師和殯儀館的工作人員正在此地度假。」

跟年輕氣盛的次力說，原諒父親吧！因爲他所做的他無法克制。次力是聽不進去的，但是次力反而以幽默的話安慰了我：「父母的婚姻是錯誤，父母生我是失誤，爲了不讓他們一誤再誤，我也只有努力向上，不要承擔他們的錯誤！」

誰說年輕不懂事？他們自有一套生活哲學，我慶幸與他們同台。

你放對地方了嗎？

日有日的榮光，
月有月的榮光，
星有星的榮光，
這星光和那星光也有分別。
——聖經

很喜歡珍淑，她的眼睛清澈明亮，也有著同樣清澈的聲音，我也喜歡她甜美的笑容，交代她的事情，也總是做得很好。雖然我常常鼓勵她，她卻依然對自己的功課沒有自信。也許經不起我三番兩次的增強，有一天她終於勇敢講出她國中時的遭遇。

原來，國中時因爲家境不好，沒錢補習，當時的老師對她是極盡諷刺之能事。尤其有一次上課時，老師刻意叫她起來問問題，當她低頭說：「我不會」時，老師走到她面前說：「我知道，就是因爲妳不會，我才叫妳」。從此，她抗拒著那一科目，漸漸地，也對於其他科目排斥，上學，不是一件快樂的事，反而是懲罰，因爲家人的關係，她才來到這所私立學校就讀。

漸漸地，她在學校的活動中找到自信，她也在專業技術中找到自信，她的成績開始名列前茅，談吐間更見光彩。畢業之後，職場上的長官欣賞與鼓勵，她不僅重拾課本，並且接受單位的安排繼續深造，在國外期間完成了大學學業，進而返國就業，我不知道她是不是該感謝這位國中老師，但是想起她的時候，我總有一鼓感動，感動於她的變化，也感動於她的堅強。

大師非常喜愛蘭花，平日花費了許多的時間栽種蘭花。一天，他要外出一段時間，臨行前交待弟子要好好照顧園中的蘭花。

在這段期間，弟子們總是細心照顧蘭花，但有一天在澆水時卻不小心將蘭花架碰倒，所有的蘭花盆都跌碎了，蘭花散了滿地。弟子們都因此非常恐慌，打算等師父回來後，向師父賠罪領罰。

大師回來了，聞知此事，便召集弟子們，不但沒有責怪，反而說道：「我種蘭花是爲了讓這裡有『生氣』，不是爲了『生氣』而種蘭花的。」

的確！我們不是爲了生氣而來這世間啊！

放對地方的就是人才；所以，你眼中的蠢材，很可能也只是放錯地方的人才。這篇不斷被轉寄的文章我已看不下數十次：你和一位土著被困在非洲叢林，那麼你將把這位土著當作「天才」，因爲他懂得各種求生的技巧。相反地，如果把他帶到辦公室要他使用電腦，那麼情況將會完全不同，你可能會認爲他是「白癡」。的確，天生我材必有用，所有的人事物原本都是美好的，只是所屬的地方適不適合而已。

好吃的湯汁在口中是「美味」，滴到襯衫上即變「骯髒」。口中的食物吐出來就變得「嘔心」，呑下去反而「有營養」。即便是骯髒污穢的垃圾，只要放對地方（埋在土裡），也能滋養大地，開出美麗的花朵，長出能夠帶給我們健康的食物。

這世上沒有任何一個人或一件東西，是沒用或卑賤的，任何人或物，只要放對了地方，都會成為有用的「可造之材」。生命最美的就是選對舞台，走出自己的路，然後盡情地發揮獨特的才華與能力。

你看過《天地一沙鷗》嗎？

抱定決心每日讀一點書，
一天只讀15分鐘，
年終便知其效。
——荷來士

◆

珍芙過得並不輕鬆，因爲父母離異，母親並沒有傳統爲子女無怨無悔付出的想法，反而跟孩子說：「如果你要讀書，就必須自己想辦法」，於是想要上進的珍芙，必須在放學後到餐廳打工，有時候趕不上第一節課，有時候上課打瞌睡，可是好強的她卻不願意在別人面前訴苦，堅強的承擔了一切，包括了導師不諒解的眼光，總覺得在一視同仁的標準下，她成了老師被質疑「不公平」的原因，雖然最後終得諒解，但是總也讓人心疼珍芙對生命的堅毅。

抽煙爬牆的以力，也是另一個以小大人出現的例子。他以成熟的口氣說：「我的家？那是一群有血緣關係住在一起的地方，是不是叫做家，我持保留的態度。或者應該這麼說，我的父母很有自己的生活，在他們各自的生活裡面，沒有我。所以我只有找我的朋友們作伴，但是……」他苦笑著說，「即使是朋友，是不是也替代不了父母的關愛？」

面對這些孩子，我有著許多的不忍，在他們還沒有準備好的時候，就要他們承擔父母的情緒，也許他們以爲他們能夠承受，但是他們的行爲卻呈現了他們的脆弱。時代變遷，很多爲人父母的觀念已經與從前不同了，有些是孝「子」，爲了兒女可以不顧一切；有些是爲了追尋自己的理想，可以不顧兒女。我能體諒許多父母自己難以承受生命的難關，但是我更疼惜這些必須獨自面對生命難關的孩子，也許教育能夠做的是讓他們更有解決能力以因應這些變化。

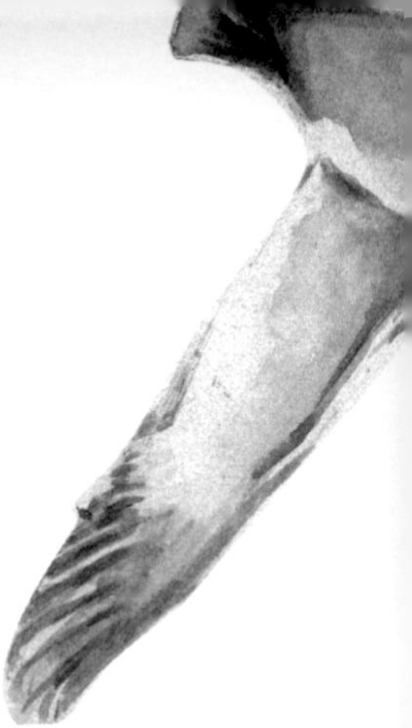

洪蘭教授的小孩剛轉到美國學校時，上課第一天，老師發了十四本英文書，說是這學期要唸的，有哈波李的《梅崗城的故事》、賽珍珠的《大地》、史坦貝克的《人鼠之間》等。這些書都蠻深的，我們的大學生都不一定會讀，何況九年級（相當國二）的孩子？洪教授去問老師爲什麼選這些書，老師說：

「十四歲的小孩，肌力已經足以傷人，如果心智上不夠成熟、缺乏同理心的話，很可能做出令自己後悔一輩子的事情！我們必須在他青春期剛開始時，讓他的思想跟上，藉著這些不同人種受到不同待遇的書，教會他們『同理心』是什麼。」

《梅崗城的故事》和《奴隸船》是描述美國南方黑人所受的不平等境遇。洪教授的小孩看完了這個故事，一直問她：黑人並沒有比較笨，爲什麼會因爲他的顏色就遭到歧視？他們以前在學校裡叫黑人Negro，但看完這些書後，就不再那麼叫了。《人鼠之間》

拿過諾貝爾獎，主角是個智障的孩子。當時發生了喜憨兒烘焙屋被人潑餿水的事件，同學們看了書後，都會主動下山去幫忙喜憨兒清洗。

看書的孩子可以從中得到很多的知識，好像搭個鷹架，讓他自己走上去一樣，孩子可以從閱讀中去省思自己的成長背景與典範學習，這些都是現在流行的多媒體教學，所不能取代的。許多的人因爲周大觀《我還有一隻腳》而讓自己堅強；因爲《天地一沙鷗》而讓自己不畏艱難；因爲《汪洋中的一條船》而讓自己更有勇氣面對自己的缺乏。

閱讀可以讓我們度過青澀歲月，度過狂妄少年，這輩子影響你最深的是哪一本書？你這個月讀過最好的書是哪一本呢？

台積電董事長張忠謀每天維持五、六小時的閱讀，我們都沒有他忙，趕快讀書吧！

你會不會被丟出去？

有人一生學習，
到頭來他們學會了一切，
就是沒有學會思想。
——都馬克

學生回學校探望我時，偶爾會碰上我正要去上課，有時候我會邀請他們與我一同前往教室，希望他們能夠以他們的經驗與學弟妹們分享。有人會拒絕我，有人欣然前往，通常我會坐在教室後面聽聽學生分享經驗。

逸力是最讓我印象深刻的人。在學校時候，他明白的跟我說他不喜歡讀書，主要原因是因爲無論他怎麼讀，永遠無法超越弟弟。每一次家庭聚會，從他父母口中他聽到的，從來沒有他的名字，表面上他顯得不在乎，但是心中卻是淌血。所以他只能不斷以其他方式尋求自我肯定，但是社團的肯定卻被父母認爲是不務正業的娛樂，課外讀物的沉迷又被認爲是自我放棄，無論如何的在人際關係上，在課外知識上努力充實自我，總換不到父母的青睞。

在學校有幾個科目是令他頭痛的，他只能來輔導室吐吐苦水，因爲當他走出輔導室時總會搖搖頭說：「我還是得去面對自己的問題，只是舒服多了而已！」

畢業後他還是選擇進入補習班，因爲「總要滿足父母小小的虛榮」，還好第二年也考了個私立院校，「別人也許不滿意，但是我覺得我有交代了」他說。

看他面對學弟妹們侃侃而談如何準備功課，如何把握高職最後一年的生活，說話條理分明，板書有條不紊，活潑而又穩重，令我欣賞不已，課後我還請他把大綱寫給我，因爲我從中學習了小小的秘訣。

身爲老師的我們，所擁有的眞的比我們的學生多嗎？畢業後返校分享的學生，他們在各行各業的成長與專業常常令我讚佩！學生畢業前我總會這麼說：「在學校時，也許我可以教你什麼，但是畢業之後，你可也別忘記回來教我什麼喔！」正因爲如此，有時候我聽著校友的分享，可也覺得自己廣博了不少。每一次看著我的學生，我有著許多感動。我何其有幸，可以從事教育工作，又是何種的恩寵，能與這些學生們結緣呢？

不過，雖然我常常向他們學習，我也是常常勉勵學生要不斷求知上進，以免成爲下面故事中被丟出窗外的人呢！

一列火車上，坐著一位泰國人、一位韓國人、一位台灣教授以及一個台灣大學生。途中，泰國人拿出幾顆榴槤分給大家吃，然後將剩下幾顆往窗外丟。

「你這樣不是太浪費了嗎？」台灣教授問。

「泰國有的是榴槤……」泰國人驕傲地說。

「我們根本吃不完。」不多久，韓國人也拿出幾株高級人蔘分給大家吃，但他自己吃沒幾口就把它扔了。

台灣教授驚訝地問：「這可是上好的人蔘！怎麼扔了咧？」

韓國人不在乎地說：「我們韓國有的是人蔘，怎麼吃也吃不完。」

台灣教授沉思了一會兒，然後突然站了起來，抱起身邊一起來的台灣大學生，然後硬把他塞出了窗外。

你呢？我呢？我們會不會被丟出窗外呢？

我用什麼活下去

聰明人所造成的機會多過於
他找到的機會。
——培根

在我的教學生涯中，路力的背景是比較特殊的，因爲他是對岸的小紅衛兵，在小學四年級的時候，爺爺辦理退休，把他從大陸接過來，從此他就在這裡呼吸不一樣的空氣，在這裡努力而認眞的學習，而我從與他的接觸中，增長了自己不少的生存能力。

在他的一篇作文中，他寫到小學四年級上課的第一天，他把爺爺送來的便當吃完，也將橘子及橘皮給吃得乾乾淨淨。他以爲班上同學看著他吃，是因爲他從對岸來，卻沒想到當時同學們心中想的，可能是：「眞是大陸來的苦難同胞，連橘皮都吃。」他說，其實橘皮不就是陳皮嗎？但是終此一生，他不會再吃橘皮了。

爺爺過世時，我到他家。很小的家，也是很小的房間，桌椅是國小淘汰的，房間很凌亂，主要是放了許多的電子零件。他說爲了上高中或高職，他與爺爺起了爭執，但是爺爺最後還是尊重他的決定，因爲他跟爺爺說，從小在對岸的爸爸就不斷的對他說，大陸十億人口，你用什麼活下去？所以他非常在意他的生存能力與技術。「大陸十億人口，你用什麼活下去？」這句話震撼了我，後來，我常常問學生相似的問題，你用什麼活下去？

高二暑假，他到電器行打工。老闆原先給他三千五百元一個月的工讀費。沒想到一個星期之後，老闆發現他的能力，只要他出門修復，不僅完成任務而且迅速，於是主動跟他重新議價，扣除零件費用之後，四六分帳，而且以後只要他有空，星期例假日都可來上班。他就這樣的到了高三。

記憶最深的一次分享是，他談起了工作的經驗：「老師，很奇怪喔！我如果出去修理電器，跟人家講我在讀書，主人都不敢離開他的電器，然後還會在旁邊問：『你會不會修理啊？』或者說『這很貴，你不要又弄得更糟了』，後來，我就想到一個方法，我說我當兵回來了，主人就會比較放心。可是老師，我跟你說喔！現在我的說法，讓主人更放心，也都不會站在旁邊滴滴咕咕的！」我非常好奇是什麼方式？「我都是跟他們說，我已經結婚了，還有一個女兒。」哈！聰明的小孩，原來知道婚姻對許多人來說是成熟穩重的象徵，也是一種放心啊！

阿明和阿華，他們同樣是應居畢業，同時應聘一家批發商行，工作上都非常賣力。沒幾年，阿明很快就獲得老闆的賞賜，一再被提升，從業務員到業務主管；而阿華好像被遺忘似的，至今還是業務員。

有一天，阿華終於忍不下這口氣，向老闆提出辭呈，大膽說出老闆沒有用人的才能，辛苦的員工沒有獲得賞賜，只光偏袒拍馬屁的人。老闆聽完阿華的一番氣話，知道這幾年來阿華非常賣力，爲了讓阿華深刻瞭解自己和阿明的差距，老闆這麼說：「或許我眞的有些眼拙，不過我想證實一下，你現在到市場看看有沒有人賣西瓜。」

阿華很快來到市場找到賣西瓜的人，回到商行稟報，老闆問說：「那麼，他們西瓜一斤賣多少？」但阿華並沒有注意到這些細節，只好又跑到市場去問那個賣西瓜的，然後回到商行交差。

這時老闆告訴阿華：「你休息一下，你看看阿明怎麼做的。」

老闆吩咐阿明同樣的事情，過了不久，阿明回來報告說：「老闆，市場我都找遍了，只有一個攤販在賣西瓜，一斤賣十二塊，十斤特價一百塊，庫存還有三百四十個，市場大概有剩五十八個，每一個大約有十五斤，前兩天才從南部現採運上來的，全部都是紅肉西瓜，品質上還不錯。」

一旁的阿華聽了感到很慚愧，終於瞭解自己和阿明之間的差別，他決定不辭職了，立志和阿明看齊。

年輕人看別人成功，似乎沒有什麼大祕訣，還不就只是比平常人多想、多看、多瞭解而已！但是，同樣一件事情，別人看到了未來幾年，我們若只是看到了明天，那麼一天和一年的差距可是足足有三百六十五倍呢！你有什麼條件贏別人？

誰從這裡走出去？

拿到資料只是第一步，
綜合判斷才是最後結果。
——費區

高三的學生有時候會戲謔的說：「學校誤我三年」，我總也笑笑的回答：「同樣三年有些人學到知識，有些人學到技能，有些人學到人際關係，怎麼你什麼都沒學到呢？」

有一篇楊艾俐描述美國巖景小學的文章，令我印象深刻，該校學生來自高收入家庭。幾乎每個學生都有電腦，五歲小孩已可寫一篇完整作文，七歲學童已開始看時代雜誌兒童版，他們是未來領導人才。但該校校長費區卻認為熟稔科技更要重視人文。因為「教育最大目的是學習如何學習」。不僅如此，他更強調學生不是找到資料就好，找到後還要閱讀寫摘要，更要寫報告，用power point做報告給全班同學看，因爲「拿到資料只是第一步，綜合判斷才是最後結果」。

在價值觀混淆的今天，美國很多學校不願意教價值觀（相當於我們的公民課），認爲是過時產物，但是費區校長卻認爲，沒有價值觀的人不足以領導社會，因此巖景小學第一條規則，就是要養成學生是「健康而道德」的人，希望學生都能保持理想性格。「我們必須時刻想到，從這裡走出去的孩子，未來是何種人，又是何種領導人？」

在李家同先生在其「生命的養分」一文中表示，這次總統大選候選人辯論會，有提問人問兩位候選人有關「教養」的問題，這問題也沒有什麼標準答案，要回答得讓人民滿意，似乎很難，但是他想教養中一定含有知識的成分。

我們整個社會看書的習慣是不夠好的，赫爾新基有百分之六十五的人在市立圖書館借閱圖書，台北市只有百分之十三的人口在圖書館借書。大家不妨注意在國際航線上旅客看書的習慣，西方旅客幾乎一定是在看小說，而我們的旅客極少是在看書，即使看書，也是看專業的書，以及理財的書。

在過去，大學生總以爲自己是社會的菁英分子，會自動自發地注意國際大事、音樂、美術和文學。現在時代變了，社會裡的菁英分子已不吃香，熟讀經書不再是一件有正面價值的事，強調自己注意國際大事，在選舉時，恐怕還有負面效應。通識不好，不關心國際新聞，吃虧的是老百姓。歐美國家補助他們農民的經費是三千億美元，韓國的農民還爲此而自殺以示抗議；我們可憐的農民卻連知都不知道歐美國家有如此巨大的補助，政府也因此可以裝聾作啞。走筆至此，我不禁懷疑，政府官員並非假裝不知道，而是眞的不知道。」

李先生在文章最後提到我們做老師的人，也該好好地檢討自己，要有相當好的人文素養，培養對音樂、美術和文學有興趣，還要關心世界大事，否則我們的學生是不可能知道阿拉法特是誰的，如果到了意大利，也無法了解爲什麼全世界的人都對米開朗基羅這個「忍者龜」如此有興趣。

文化是種看不見的力量，我們渾然不覺，但它卻已深深影響著我們的選擇；在消費文化裡頭，特別明顯，我曾經問學生如果要買感冒藥，到藥局會選購什麼品牌？答案通常顯見的是來自一種長期所處的環境影響而產生的認同感。

據說孔子開了中國史上第一家補習班，影響後世深遠。補習班制度完善，收費標準規定詳細：

十五志於學：進補習班，先交十五兩報名費；

三十而立：交三十兩的人，只能站著聽課；

四十不惑：交四十兩，老師上課會講到你沒有問題爲止；

五十知天命：交五十兩，可以知道明天小考的命題；

六十耳順：交六十兩除了上述優待外，老師還會講的讓你聽了很舒服；

七十從心所欲：交七十兩的話，上課時隨便你要坐著、躺著、趴著、滾來滾去，都不會管你。

現代，該沒有這樣的老師吧?!

不是撐著不死，是好好活著

所以，不要為明天憂慮，因為明天自有明天的憂慮；一天的難處一天當就夠了。

——聖經

俊力的家境不怎麼樣，他又讀私立學校，費用昂貴，但是他的節制與理財觀念卻是我學習的對象。

個別談話的時候，他告訴我，每個月月初他拿到「薪水」時，他會先翻開記事本，看看這個月有幾個朋友過生日，他會先依照朋友的親疏遠近買好每個人的生日禮物，通常他會再多買一份，以備不時之需，然後他會犒賞自己，去跳一場舞（當時跳舞還是有忌諱的），去吃一頓大餐，然後就準備好好的過這個月。

「如果到月底不夠用時，你怎麼辦呢？」我好奇的問他。

「老師，妳放心！我不會跟人家借錢的。這可是很不好的習慣，雖然我知道我會有借有還，但是我還是不想養成這樣的習慣。」

我看著他，眞是個小大人了：「那你要怎麼過日子呢？」

「我告訴妳好了，有一個月，我整整吃了一個星期的饅頭與泡麵，但是我不覺得辛苦，因爲也還有得溫飽啊！」

他笑笑著說，我心裡卻敬佩的很，尤其對於絲毫沒有理財觀念的我而言，這樣的對話眞是一堂值得的課。

大熱天，花園裡的花被曬焦了，小徒弟提了桶水來……

「別急，」大師說：「現在太陽大，一冷一熱，非死不可，等晚一點再澆！」

傍晚，那盆花已經成了「梅乾菜」的樣子，小徒弟滴咕地說：「不早澆！一定已經死透了，怎麼澆也活不了！」

沒想到，水澆下去沒多久，已經垂下去的花，居然全站了起來，而且生意盎然。

「天哪！」小徒弟喊：「它們可眞厲害，憋在那兒，撐著不死！」

「孩子！」大師溫和地說：「它們不是撐著不死，而是好好活著！」

是的，除了把憂鬱悲觀當成化妝品的人以外，誰會把自己的辛苦擺在臉上呢？不論成年與否，我們不都在承擔著自己生活中的喜怒哀樂嗎？

雖然家庭、學校、同儕的壓力以及無止盡的需求，常把年輕人牢牢的綁著，難以動彈。但年輕時代也正是建立價値觀、學習認眞面對生活最好的時刻。

加油！年輕朋友！加油！經過歲月洗鍊的成年人！

Part 4

相信自己可能

親愛的，你還在玩耍嗎？
你有青春嗎？
讓我告訴你，他是怎麼活的
哪一個輪胎爆了？
蛻變的蝴蝶
總以為地球就踩在腳下
孫悟空，別鬧了！
戒指花

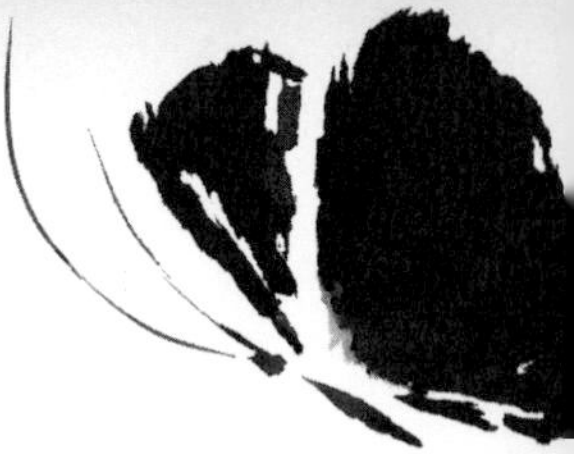

蛻變的蝴蝶

在任何事業上要成為有能力並且成功的人，必須具備三種要素：資質、學習及實驗。

——柯爾吞

香玲是高二下的時候，來參加團體的。第一次的接觸就讓我嚇了一跳，因爲在自我介紹的時候，雖然感覺她努力的讓自己站了起來，但是她卻無法開口，幾秒鐘之後，眼淚噗簌簌的掉下來，我當場楞了幾秒鐘，然後馬上走過去拍拍她的肩膀，跟她說，沒關係，等以後熟悉的時候再補一次自我介紹吧！

後來的一些活動，看起來她似乎並不投入，因爲她整個人是冷冷的。但是我卻注意到她的眼神，是那麼渴望進入團體，於是我不著痕跡的以一些小工作讓她漸漸靠近大家。果然，當大家開始熟悉的時候，她慢慢敢開口發表她的意見。每年社團發表會，我總是讓這些孩子們積極參與，香玲玲也參加了其中的部分舞蹈，雖然她認眞學習，我仍然擔心當天面對全校同學時，她會不會棄權？爲此我也準備了應變的方式。

沒想到，表演當天，香玲居然穿著當時最爲流行的服裝來到學校，並且爲自己彩妝，讓我眼睛爲之一亮。她看著我笑笑，上得台去，她盡情的揮灑，臉上散發出的不只是青春的美麗，我更看到了亮麗的信心。我不能說醜小鴨變天鵝，因爲她不醜。我眞的看到了蛻變的蝴蝶，也隱約看到了一片藍天等待著她去翺翔。

人一旦能自信的面對自卑之處，魅力便會產生；有了自信，人生也會隨之改觀。而這一切，都是可以在一念之間改變，不是嗎？換個角度，人生的風景可能就有所不同了。

許多老人家早上會到公園運動，也利用這段時間彼此交換生活體驗與心情。

有一位老太太，只要有她在的時候，只見她總是悲憤的向眾人哭訴兒子的不肖，媳婦的不賢，家庭的瑣事，說到激動之處，聲音哽咽，淚水嘩然。

開始的時候，還有其他老人家勸慰她一番，要她想開一點，看開一些，她總是有許多的理由搪塞自己的無能爲力。漸漸的，老人家們變得不喜歡與她談話，她上了悲情的癮而無法自拔，所以總在乞求別人的憐憫與同情，最後只要看見她來，他們就不著痕跡的躲著她，只見她越來越孤伶的身影獨坐在公園的一隅。

自怨自艾只會滋長憤怒悲淒，只有改變心念，才能看得見愉悅飛舞的彩蝶，學生e-mail一篇值得深思的故事：

有一條河流從遙遠的高山上流下來，經過了很多個村莊與森林，最後它來到了一個沙漠。當它決定越過這個沙漠的時候，它發現它的河水漸漸消失在泥沙當中，它試了一次又一次，總是徒勞無功，它灰心了

這時候，四周響起了一陣低沈的聲音：「如果微風可以跨越沙漠，那麼河流也可以。」

小河流很不服氣地回答說：「那是因爲微風可以飛過沙漠，可是我卻不行。」

沙漠用它低沈的聲音這麼說：「因爲你堅持你原來的樣子，所以你永遠無法跨越這個沙漠。你必須讓微風帶著你 飛過這個沙漠，到你的目的地。 只要願意你放棄你現在的樣子，讓自己蒸發到微風中。」

「那我還是原來的河流嗎？」小河流問。

「可以說是，也可以說不是。」沙漠回答。「不管你是一條河流或是看不見的水蒸氣，你內在的本質從來沒有改變，你會堅持你是一條河流。」

小河流隱隱約約地想起了自己在變成河流之前，似乎也是由微風帶著自己，飛到內陸某座高山的半山腰，然後變成雨水落，才變成今日的河流。於是小河流終於鼓起勇氣，投入微風張開的雙臂，消失在微風之中，讓微風帶著它，奔向它生命中（某個階段）的歸宿。

想要跨越生命中的障礙，達成某種程度的突破，是需要有「放下自我（執著）」的智慧與勇氣，是的，敞開心靈之門，幸福就會進來。

親愛的，你還在玩耍嗎？

喜劇最難扮演的是小丑，
雖然是傻角，
扮演的人必須是很聰明的。
——西萬提斯

知道我生病了，文力帶著女朋友來看我。其實我認識他女朋友比他更早，是在她高一的時候。後來文力參加輔導室的社團才認識了女朋友，可是在社團裡我從來沒覺得女孩喜歡他，他們倆人總是鬥著嘴，也沒幾次意見相同，卻沒想到經過高三下一次的社團自助旅行之後，他們竟然逐漸加溫。畢業後他們總會在新年的時候來看我，眼見兩人一起出現，我嘴裡不說，心裡好像有一點明白。

那一年畢業前社團的自助旅行，我全然交給文力去策劃，對於忠厚的文力而言，實在是一個相當大的挑戰，但是他卻處裡得很好，還有人帶著吉他，好讓我們在夜裡可以開懷唱歌，那是個有一點瘋狂的旅行，但是花費卻超乎了我們的預算，我知道美麗的旅行也是促成他們戀情的一個小火。

小明：老師，我能不能先走一步？

歷史老師：爲什麼要早退？

小明：我有一個非常重要的約會。

歷史老師：歷史重要還是女友重要？如果你的原因和歷史課有關，就准。

小明：如果我再遲到，她就要成爲歷史了！

歷史老師：好！去。

其實每一次碰到愛玩的人，我總是顯得非常興奮，雖然我是個膽小的人，但是我覺得會玩的人，享有自由，也比較不會限制自己或苛求別人，而年紀越大也越覺得「玩」在生活中有著不可或缺的重要性。第一次帶班，我們就曾經瘋狂過。

我和他們一起從西子灣到旗津、在大雨中坐渡輪吃海鮮；一起到走馬瀨烤肉，弄到整個人髒兮兮的回家；到情人谷的郊遊更是讓我大開眼界，一群大男生在河邊騎馬打仗，輸了還得被罰丟到河裡，他們玩得痛快不已卻是看得我心驚膽顫，返回高雄已經六點，精疲力竭的我聽到他們說，要再逛大街，我差一點沒昏倒！雖然如此，我是非常非常喜歡跟年輕人玩耍的，總是在他們的歡樂中回到青春，也總是在他們的遊戲中看到他們的燦爛，好喜歡這樣的感覺。

Alexander Lowen曾經說過：「人的個性像樹的年輪，是一圈又一圈的發展出去的，嬰兒的一圈，代表愛與享受；兒童的一圈，代表創作與幻想；少年的一圈，是玩耍與嬉戲；年輕的一圈，是情愛及探索；而成年人的一圈，則象徵現實與責任。而一個完整的人，要具備上述所有的特性。」

心理學家John Money曾經做過一個很有趣的研究：他讓未成年的猴子在籠子嬉戲一段時間，並且觀察牠們。後來把一部份的小猴子放到另外的籠子，但是這個籠子沒有機會玩耍，沒想到這些失去遊戲機會的猴子，長大之後居然變得十分沉默，甚至於失去求偶及生小猴子的本能。

他的結論是：小猴子玩耍的行爲叫做彩排期（Rehearsal stage），這個時期是爲成年發展鋪路，以便成功的發展成爲大猴子。人也一樣，沒有經過彩排期的少年，長大後容易變成木訥的人。

所以，我們實在不應該扼殺年輕人玩樂的心，因爲這是他們轉換爲成人的必要過程；再換個角度想想，我們呢？我們可曾因爲老成而失去年輕喜樂玩耍的能力？

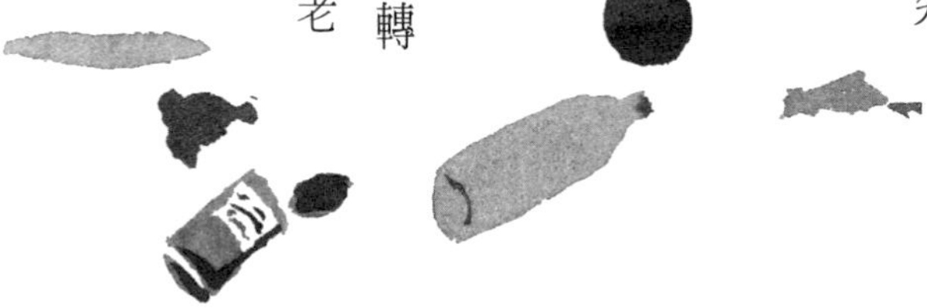

總以為地球就踩在腳下

年輕人要有老年人的沉著，
老年人要有年輕人的精神。
——海明威

◆

聚力是一位相當有才華的孩子，寫詩寫詞，也設立了自己的網站，但是難免因此恃才傲物，有時語言行爲表現的有些忘我。

一次，在活動表現上與指導老師有極大的衝突，雖然我們都看得到他的問題重心，卻是有點無力，因爲他似乎沒有感受到我們的關心與他的問題，他認爲師長們總是倚老賣老。在這孩子身上，我看到了自己年少的時候，就像鄭智化所寫的「年輕時代」，總以爲地球就踩在腳下，也許每一個聽過這首歌的人，都會發出會心的一笑吧！

喜歡上人家就死饞著不放，那是十七、八歲才有做的事。襯衫的紐扣要故意鬆開幾個，露一點胸膛才叫男子漢。總以爲自己已經長大，抽煙的樣子要故做瀟灑，總以爲地球就踩在腳下，年紀輕輕要浪跡天涯。

藍色牛仔褲要割幾個破洞，一年365天卡擎碼嘻領！口袋裡沒錢名堂倒是很多，爸媽唸個幾句啊就嫌囉唆。總以爲自己已經長大，受傷的時候不需要回家。總以爲地球就踩在腳下，年紀輕輕蝦米弄無驚。

年輕時代，喔！年輕時代，有一點天眞，有一點呆，年輕時代，喔！年輕時代，有一點瘋狂，有一點帥。所有歡笑淚水就是這樣渡過，那一段日子我永遠記得。或許現在的我已經改變很多，至少我從沒改變那個作夢的我。

不是有句話這麼說嗎？「人生，不是得到，就是學到」，如果你不是得到一份圓滿的因緣；就是學到怎樣更靠近幸福。你不是得到勝利；就是學到如何避免失敗。你不是得到最終自己想要的結果；就是學到世事總不會盡如人意。

也許就像我們年輕時所聽的那首歌：「陽光照耀我眼睛，你卻照耀我心靈，愛情的故事太多，只有我的最眞」，爲什麼我的最眞？因爲那是我的經驗我的愛情，那是我的快樂我的悲傷。對於年輕人，非得自己走過，這就是年輕吧！

有一家極具規模的公司要徵求一位無線電操作員，因爲公司的規模甚大，而且福利、升遷條件都十分優渥，應徵的人相當多。幾經淘汰之後，最後篩選了三、四十位到公司面談。

大家被安排在會客室等候，剛開始大家都靜默不語，但由於等候時間過長，不久之後，大家就開始聊起天來。突然之間，一位年輕人起身像總經理室走去，大家錯愕的看著他這突然的舉動。

當這位年輕人走出總經理室時，對大家說：「各位，請回吧！我已經被錄用了！」會客室裡的應徵者有人不滿，以爲他在耍詐。

「剛才，你們忙著聊天，沒有注意到會客室裡擴音機的電碼，那是摩斯電碼。電碼的訊息是：聽到電碼的人請進總經理辦公室」

我們不是一個人活在世界上　我們與這個世界的其他人一定會有所接觸，而這個接觸就是溝通。尤其現代社會生活節奏快速，要如何在有限時間內，讓人了解自己，是一件極爲重要的事情！在這滾滾紅塵中，如何讓自己保持一個平靜安穩的心情，學習聽聽別人的聲音，也許正是年輕人的功課。

正因爲年輕，更應該多花一點時間培養實力，多花一點時間傾聽經驗，多花一點時間讀書學習，正因爲年輕，更要加緊努力培養造就自己有偉大溝通的格局啊！

你有青春嗎？

年齡不能使她枯萎，
世俗無法陳腐她無限的變化。
——莎士比亞

珍玉電話中哭泣的聲音讓我很不忍心，可是她不願意告訴我她在哪，也不想與我見面，因爲她覺得現在的她不是那種「成功回家鄉」的人，只能在角落裡哭泣，她承諾只要她走出這段陰霾，她一定會來看我。

珍玉是個好女孩，與先生是自由戀愛的，雖然家人不是那麼認同，但是因爲她相信愛情可以克服一切，所以不顧反對而成婚。戀愛期間她不斷的鼓勵著對方進修，期許他們的婚姻可以得到祝福；甚至婚後自己撐著家庭，讓先生繼續進修。果然，先生就在完全無後顧之憂的情況下，不斷的升遷，眼看著幸福就在眼前，先生卻有了婚外情。

當她無助的問先生：「我究竟哪裡做錯了？哪裡不如她？」先生不僅沒有安慰她，反而冷靜而無情的對她說：「她有青春，妳有嗎？」她是如此的不甘心，十幾年的青春與付出不僅不被對方放在心上，反而有去之而後快的輕鬆，而痛苦之下又發現自己得了癌症，幾次化療下來，沒有得到先生的愛憐，才眞正讓自己看透而簽下離婚協議。她被動取下戒指，手上戒指的痕跡，成爲她刻骨銘心的傷痕，只是至今仍然沒有走出婚變的陰影，任誰也無法勸化她。總要聽她不斷的問：

「怎麼可能？兩個曾經這麼相愛的人，怎麼可能這麼殘忍？」

「我究竟做錯了什麼，要被如此的對待？」

悲傷與自怨自艾成了她生命中的最好朋友，它們的友情不斷滋長，也不斷的腐蝕著她的自信。

看著孩子們在感情與婚姻上的坎坷與辛苦，十分不忍與心痛。想起前些日子一位男子將女友及女友妹妹與其男友殺害後跳樓，在其遺書上就是寫著：「爸媽教我很多事，就是沒有教我如何處理感情問題！」看來令人感慨萬千。問世間情是何物，直教人生死相許。從前是以死相許，現在則是要對方以死相許！情關難過，難過情關啊！放心去追求一份愛，或放手讓它離開，都可能是幸福的決定。

兩性之間深愛的時候彼此珍惜，緣盡的時候就放手讓自己與對方自由吧！

輕鬆一下，看看兩性對話：

男：我知道如何讓女人快樂。
女：我的快樂就是你離我遠一點。
男：我要把自己獻給妳。
女：抱歉，我一向不接受廉價的禮物。

情人節時，女：親愛的……我喜歡大大的玩偶。
七夕時，女：親愛的……！我喜歡法國香水。
生日時，女：親愛的……！鑽石代表永恒。

聖誕節時，男：等一下！妳有沒有喜歡便宜的東西？

女：有啊！我最喜歡你了。

「愛情的故事太多，只有我的最眞！」曾經發生在一個人身上的苦難，是另一個人永遠不能明白的。世間的絕境，往往就是自己的心境。可是當一個人能夠走出自己的人生時，就會有奇妙的事情發生，淌血的傷口可以癒合，結痂的疤痕會變成了美麗的印記，曾經痛得要發狂的記憶卻可以含著淚眼微笑面對。

拿破崙說：「不能使人奮發的愛，不如無愛」。我衷心祝福珍玉有能力破繭而出。

孫悟空，別鬧了！

一個人真正的幸福在於完成神的旨意。神的旨意是：要人愛他們同類，並且為他們服務。

——托爾斯泰

有位老師憂心忡忡的跟我談起班上午力同學的行爲怪異，越來越不重視自己的儀容，也越來越沉默。我跟他說這該轉介給心理衛生中心，他卻遲疑了，跟我說再給他觀察一段時間吧！過不多久，他仍然將午力同學轉介過來。

我先是天南地北的找著話題跟他聊，聊他的興趣，聊他的生活，當然中間他聊著一些我不太明白的事，例如石頭如何跟他說話等等。最後終於聊到他爲什麼不再重視儀容，不再與別人談話？他沉默了一會，斜著眼睛看著我說：

「就像剛剛我說的，我有特異功能，凡是跟我說過話的人，精氣神都會被我吸過來，這樣會增加我的壽命，也相對的減少了對方的壽命，所以我不能跟任何人說話，以免害到對方。」說到這兒，他停頓了一會，然後身體傾向我，眼睛看著我，聲音輕輕的對著我說：「老師，妳會不會覺得妳現在精氣神已經比較弱了呢？」

笠力是個可愛的大男生，也是主動來到輔導室的。他談到他的宗教行爲，他的乩童生活，眉飛色舞，只是與神溝通容易，與家人溝通似乎有些困難，他希望知道怎麼讓家人同意他現在的生活方式。

幾次談話，內容都是我從不曾遭遇過的經歷，也跟我的宗教信仰全然不同，印象最深的一次是在諮商室中，他的手腳突然抖動起來，我笑著跟他說，千萬不可以在這裡起乩喔！他爽朗的笑著說，不會啦！但是，孫悟空來了，還有三太子也來玩了。眞是嚇了我一跳！我趕忙跟笠力說，這可是學校，請孫悟空別鬧了，別在這裡搗蛋呢！

同力談到他是如何在廟會的時候將長長的鐵由腮邊穿過的經驗，

他說，那時候最重要的是不可以被別人碰到，如果變成撕裂傷就需要時間來痊癒了。問他爲什麼要這麼做，是因爲附身嗎？他笑笑說：「我不是附身的，但是這樣做讓我覺得很有意義，而且在我們那個圈子會比較有地位呢！」

他靦腆了起來：「這樣比較有女孩子會喜歡。」在他羞澀的笑容裡，我因爲看到了一個純眞的青年而疼惜，卻也因爲同時聽到了他生活圈的情形而擔心。

我曾經接受一個基督教傳播媒體的訪談，主持人問我，你如何在校園傳播宗教？讓我有一點兒自卑感，因爲在校園裡，我不傳教，但我從不隱瞞我是基督徒的身分。宗教靠體驗！無論任何宗教，總是藉著人去認識的，所以人是藉著基督徒的行爲舉止而認識他所崇拜的神吧！所以，在校園裡，我並不傳教，也因此我的學生孩子會來與我談他們的宗教，因爲我尊重他們！

有關宗教的故事很多：

一位老太太在聽完演講之後，面對講者公開的問有誰能夠回答：「God is nowhere.」的問題時，她不慌不忙的，走到台前擦掉了「nowhere」並把它拆開變成：

「God is now here.」

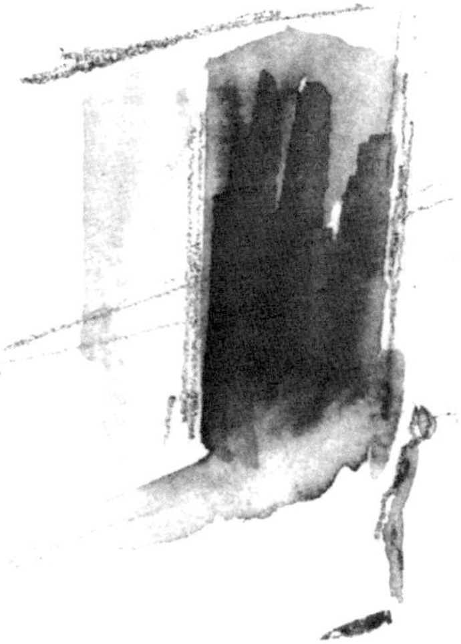

這是我最喜歡的小故事。科學靠實驗，宗教靠體驗。神的旨意是藉著人來完成，而人，也應該先盡自己的本分，再求神的成全。

讓我告訴你，他是怎麼活的

從來沒有人見過神，我們若彼此相愛，神就住在我們裏面，愛他的心在我們裏面得以完全了。

——聖經

源力是輔導室義工之一，這天幫了忙，留他在輔導室吃飯。他打開便當，遲遲不動筷子，我以爲是菜色不合胃口，輕聲問他，要不要交換一下。他搖搖頭，很不好意思的回答我說：「我從來沒有吃過這麼豐富的便當。」

突然之間，我不知道該怎麼回答，心好酸好疼，走過去拍拍他的肩膀，一切盡在不言中。只是想起家裡最苦的時候，媽媽總是一個便當吃過三餐。窮苦孩子早當家，源力的勤快與體貼，是不是就是因爲總是早早承擔了家裡的情緒呢？這個便當，我吃得仔細，因爲覺得每一個飯粒都是一份恩典，每一道菜都是感恩的心。從事教育工作二十年來，相同的故事還是在不同的人身上上演著。

第一年教建教班學生，珍莉寫著國小的她是如何帶著弟弟妹妹去撿菜葉，如何去找吃的，因爲爸爸離家後，媽媽也棄之不顧。經過一個禮拜，鄰居才通知到外公外婆家，結束了苦兒流浪的經驗。

誠力則是高工三年的每一天下課後，都得到鐵工廠上班，不僅是因爲要能讓學業完成，同時也承擔了部分家庭經濟的困難。

記得有一次，一位學生因爲某件事與家長賭氣，到輔導室找我聊天。事情的內容我已經忘記了，但是結束前的一段談話，迄今仍然印象深刻。當我說，許多學長姐的辛苦經歷之後，他瞠目結舌的說：「老師，我以爲每一個人都很幸福，只有我最苦。因爲我在校園中，沒有看到他們的辛苦啊！」

新加坡旅遊局給總理李光耀打了一份報告，大意是說，我們新加坡不像埃及有金字塔；不像中國有長城。我們除了一年四季直射的陽光，什麼名勝古蹟都沒有。要發展旅遊事業，實在是巧婦難爲無米之炊。

李光耀看過報告，非常氣憤。他在報告上批了這一行字：「你想讓上帝給我們多少東西？陽光，陽光就夠了！」

後來，新加坡利用那一年四季直射的陽光，種花植草，在很短的時間裡，發展成世界上著名的『花園城市』。連續多年，旅遊收入列亞洲第三位。

上帝給每個國家、每個地區的東西，確實都不是太多。祂只給了牛頓一個蘋果，並且還是擲過去的；祂只給了迪士尼一隻老鼠，這隻老鼠並且是在迪士尼自己連麵包都吃不上的時候到達的。

上帝的饋贈雖然少得可憐，但它是酵母。

但沈思中的牛頓因那個蘋果，奠定了自己在物理學上無可撼動的地位；潦倒的迪士尼利用那隻老鼠，創造了一個價值連城的動畫帝國。

擊力在轉寄的這篇文章後面寫著：「我你曾抱怨上帝的不公。給同學美貌、金錢、地位，而我似乎什麼都沒有；然而，我今天學會數算我所擁有的。」

雖然我不嘮叨，但總是心中有把尺，把孩子的工作看在眼裡，寒假期間工讀生與義工盡心盡力的整理著輔導室，比我想像更好，所以請他們去看電影。建力臉上有著遲疑的表情，也一直不肯答應。我以爲是因爲老師請客他很不好意思的關係。沒想到他小聲的跟我說：「老師，我從來沒有看過電影。」我想我聽錯了，我的表情有些疑惑，敏感的他看著我輕聲的說：「我從來沒有到過電影院」。

拍拍他的肩膀說服他跟我們一道去。電影院出來，每一個人的眼睛都是紅紅的。因爲飾演歐格力的湯姆克魯斯對著日本天皇說：「我不告訴你他是怎麼死的，讓我告訴你，他是怎麼活的！」深深地，深深的在我們每一個人心中迴響！

戒指花

◆

凡你們所做的
都要憑愛心而做。
——聖經

我正在超級市場採買，手機傳來勤力急促而且哀傷的聲音。他結巴的說：

「老師，對不起！我眞的不知道妳生病的事，我剛才看妳的書，才看幾篇，實在忍不住，一定要聽聽妳的聲音，妳好嗎？」

我的眼淚不聽使喚的掉了下來，在超級市場裡，淅哩嘩啦的。

「好了好了，聽到您的聲音我就放心了，我還在上班呢！改天我去看您。」想必他也聽出來我的哽咽，以輕鬆幽默的語氣結束我們的對話。

他是我任教第一學期的班長，看著我從生澀到老練，嚴格說來，在那一段日子裡，他看到了我對學生的束手無措，也看著我焦急無奈的淚水，我知道他一直是支持著我，但是卻又無可奈何，我是新手，班風已成，他也無從著力，加上年少的他木訥忠厚，所以我也一直沒跟他說我懂得的。

後來我離開那所學校，與他們之間雖有連絡，但是我知道年輕人的天空是遼闊的，所以總是在年節、同學婚禮的時候會有電話或卡片聯繫，我也一直知道他們的訊息，他也不例外。最近見面的日子是他帶著新娘子來屏東看我，新娘子落落大方，我們相談甚歡，我好喜歡，只是至今轉眼也好幾年沒見了，他的老大都上了小學，因著我的病，因著他的承諾，我期待著他們全家的出現，到時候我要帶他的孩子們去尋找戒指花，並且教他們做著屬於自己的戒指花。

不知道他是否還記得戒指花？

他們高二時，全班一起去阿里山尋找藥材。我是植物白痴，我只知道樹的大小所以總是稱大樹小樹，我也只知道花的顏色紅花白花，所以沿途他們都會教我，這是蕨類，這是咬人貓等等。終於我看到了一種屬於我小時候回憶的花，正是當時流行的一首歌：「戒指花」。我問他們會不會唱戒指花？我們就在阿里山上唱了起來，然後我摘下花，做成戒指、手環，順便跟他們談了些情感故事，從此我只要看到戒指花，總會想起他們，想必戒指花已和他們結合，在我心中烙印。

據說戒指會將人緊緊套住。在您心中有誰被您緊緊套住？您又被誰緊緊套住嗎？生命中我們總會放上幾個人在我們心中，這些人讓我們在冷冷的天氣裡想起來都會有股暖暖的溫馨。聽過戒指花嗎？或者在這首歌裡也會讓你想起一些事。人生中有許多的人事物藉著歌曲、詩詞種種事物，會讓我們重溫那一份感情。

結婚幾年來，他們就這樣互敬互愛地過著幸福的生活。但他對妻子鎖著梳妝台抽屜有些看法，他覺得這多多少少對他有些不尊重。至少鎖了五年了吧？還有什麼祕密不能公開呢？終究他耐不住內心複雜的衝撞。

沒想到，滿滿一抽屜退回的信件，這些信都是他寫給初戀女友的！原來他的妻子除了尊重他的隱私，還包容他五年來一直寫信給初戀女友，而且爲了不讓他難堪一直不拆穿他；也不把退回的信丟掉，以免老公以爲她在吃醋。太太的愛、自己的猜忌令他慚愧不已。

據說，戒指最早的由來是因爲一位脾氣暴躁的國王，爲了要改善自己的脾氣，所以就圈了鋼圈在手上，每一次憤怒拍桌或指責別人時，就會看到自己的戒指兒提醒自己。所以，戒指最早的意義是理智的。只是到了現在變得浪漫多了，是情是愛，也是信任。

而戒指花，是愛，是信任，也是一種無法抹去的甜蜜回憶。

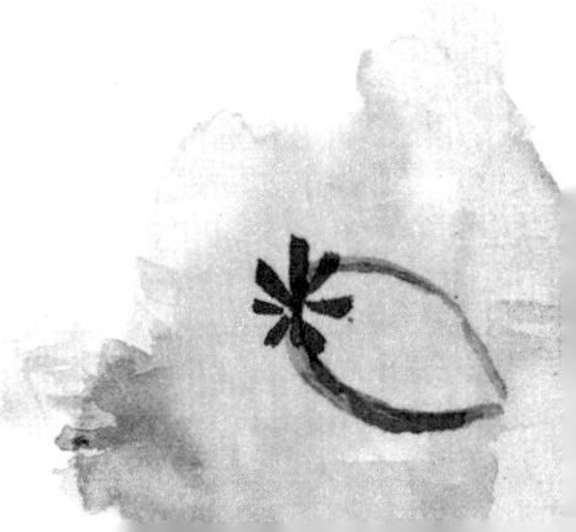

哪一個輪胎爆了？

◆

人通常是能夠勝任比他們所做的更偉大的事情。

——沃爾波爾

在學校的賢力對自己充滿自信，卻對學校的教學有著許多的期待，也總有不被了解的感覺，所以讀了四年才畢業。

在陪他走過的高職歲月裡，最叫我擔心的並不是他的學業，反而是他的情感生活，幼年喪母的他，有了一位知心女友，卻也因病去世，感情的路他走得坎坷，對於學業與人生當然有一番不同的看法，我也不勉強他。我知道其實他也並不怎麼信服我的，我不在意他的高傲，總也覺得他有著自己的人生課程要修，我呢？就是這麼的陪著他。

畢業後的一天，他打電話給我，我立刻叫出他的名字，他非常的訝異，更訝異的是我將他的事記得清楚，連第一天在輔導室見面的第一句話我都沒忘記，其實應該說是很難忘得了的！只是我從來沒有想過，他也會從事教職，而且還在大專院校，不知道當他面對學生的狂妄，是不是也會想起年輕的自己，而多一些包容呢？教師節收到這樣的一封信，我終也相信，他會是一位好老師的！

「我現在在大學部教微積分，學生對我的教法接受度還滿高的，第一次上課時眞緊張，面對那麼多的學生（包括重修班的），當學生的掌聲響起時，感覺眞像是在作夢，我會更努力教他們，把老師對我的這份愛給傳下去。謝謝您！」

從小到大我們經過了不下千回的考試，其中記憶最深的是哪一次，爲什麼？是因爲結果使你難忘，還是有其他的原因呢？想的時候你是揪心還是微笑？

歷史系的大學生在期末考前一晚徹夜狂歡；當天四人都起不來去考試，於是就找教授求情，他們告訴教授因爲前一天四人一起在外苦讀到早晨，後來在來校上課時車胎爆了，於是教授同意給他們補考的機會，教授將他們四人分別放到四個房間：

考卷第一題：中華民國國父是誰？（五分）

四個學生心想：這麼簡單的題目，眞是爽到了……

接著看到第二題，第二題題目是：『是那一個輪胎爆了？』

（九十五分）

學生們#@X#

老師問同學：「端午節會想到什麼？」小英說：「會想到粽子。」

老師又問：「那中秋節會想到什麼呢？」小華說：「會想到柚子。」

老師再問：「教師節會想到什麼呢？」小明說：「會想到……呃……呃……棍子。」

Part 5

散發自己眞情

不當有氣的老師

莫須有與想當然

你是成功的老師嗎？

妳不必做什麼

藍色緞帶的魔力

老師，你通過我們的考試

愛吃的珠寶與貴寶

你要不要重回人間？

搖櫻桃樹的人

我的學生老師

不當有氣的老師

快快的聽，慢慢的說，
慢慢的動怒

——聖經

有一回教學生正式的應用文寫作，其中說明古代「三凶四吉五福」的意義，也包含如何折信紙，如何放入信封中。當然也就順便提起郵件的相關事宜，例如存證信函，退件等等。沒想到過幾天就收到藍力一封信，信封上沒有收件人的地址，可是我的地址卻寫在寄件人的地方，郵差這一退，就退給了我，學生也達到他的目的。信上的第一行很戲謔的寫著：

「老師，當您收到這封信時，表示上課我有認眞聽講喔！」

剛開始教書的時候，不太能夠體會學生式的幽默，也不能夠體諒孩子們的不懂事是因爲需要學習。所以常常氣得自己發抖，對於教學品質與效果又沒有什麼幫助，反而常常繃緊了自己與學生之間的關係，漸漸地，終於發現既然生氣無濟於事，那麼我只好當個有氣質的老師囉！後來，當然難免也有許多生氣的事，但是轉念一想，總也可以把事情解決。

記得有一次，竹力興奮的抓了一條蛇來給我看，說要送我。我知道拒絕對於他是一個傷害，而他要把蛇送我，只是一時衝動，還沒有時間去考慮到我的害怕。我笑笑跟他說：「我不會養蛇，或者等你把牠養大了再給我吧！」他笑笑離開，我鬆了一口氣。後來問他，蛇養得如何了，他笑笑聳聳肩，這事也就過了。

「沒有三兩三，也無法上梁山」，看看以下師生之間的對話就可以知道的，現代老師不好當喔！

●某所大學的法律系，有一天考刑法。

教授向學生提出的第一個問題是：「什麼叫詐欺罪？」

學生回答說：「如果您不讓我考試及格則犯詐欺罪。」
教授非常詫異：「怎麼解釋？」
學生說：「根據刑法，凡利用他人的無知而使其蒙受損失的人則犯詐欺罪。」

●有一位哲學系的老師在期中考時只考了一題申論題：「什麼是勇氣？」有個同學一下子就交卷了，他在試卷上寫了五個字「這就是勇氣……」 期末考時老師依然是只考一題，這次的題目是「這就是題目，請作答」這題目怪吧！大家依然絞盡腦汁的想，不過那個學生還是很快就交卷了。他寫「這就是答案，請給分……」老師氣不過，大叫：「死囝仔，給我過來，我有兩道題目問你，你若答出第一題，就可以不必回答第二題……」
老師：「你的頭髮有幾根？」 同學：「一億兩千萬三千六百零一根。」

老師：「你怎麼知道？」同學：「這一題不用回答。」

● 現在的國小老師好佩服現代的小朋友：

以前作文寫的是：「媽媽好辛苦，我長大後要好好孝順媽媽。」

現在的孩子寫的是：「媽媽好辛苦，我長大後要叫我兒女好好孝順我」？

是不是有時候，我們也該靜一靜？如果我們有著安靜的心，也許我們更能看到學生的智慧，也比較不會當個有氣的老師呢！

老師，你通過我們的考試

愛是恆久忍耐，又有恩慈。

——聖經

◆

俠力有著一個可愛的綽號，起先他很不喜歡，後來終於接受了。反正，接受事實總比一天到晚跟同學生氣要好多了。畢業後，他們為了前途，總也辛苦的打拼，所以沒有什麼見面時間，只有電話幾通。但是他結婚後還是帶著太太來看我。我最喜歡學生帶著太太或先生以及小孩來，讓我很快樂的。

坐在客廳裡，我問起他還抽煙嗎？他嚇了一跳！

「老師，妳那時候就知道我們抽煙？」「是啊，你很驚訝嗎？」

「是啊！妳從來沒有講過。」

「我沒有當場抓到，我幹嘛講。我只是有不斷提醒你們對身體不好啊！」

「喔！老師，妳很多事情都很清楚喔！」他拉長音，有著頑皮的表情對我說。

「是啊！只是有些事情我覺得是年輕人必走的過程，只要無傷大雅，我又何必讓你們生活在水深火熱、被窺伺的日子裡呢？」我自己說得都有點得意，一方面是說起自己的教學態度，一方面也顯示著自己是如何的消息靈通。沒想到他接下來的話，讓我吃了好幾驚！

「可是，老師，妳一定不知道，因爲妳通過了我們的考試，所以我們才服服貼貼喔！不是因爲妳的教學技術好呢！」這句話，我瞠目結舌了好一會。他接下來說：「當時我們班上同學五湖四海都有，妳的重點都放在那些所謂問題學生身上，他們沒有來妳就很緊張，我們很能體諒妳希望他們改變的用心，但是我們卻也都覺得我們被疏忽了。」

這時候，我企圖解釋，又突然之間有點詞窮。我結結巴巴的說：

「可是——可是——那是因爲我認爲你們是好學生，不需要我特別操心啊！」

「但是，老師，我們可不這麼想，我們眞的覺得被忽略了。」他停了一會，轉換輕鬆的語氣問：「老師，妳記不記得，有一次我們有人沒有去上課，而那天中午妳騎著腳踏車到我們寄宿的地方？」對於那一次我滿頭大汗的沒吃午飯就去看他們，我記憶猶在。

「妳知道嗎？老師，那是我們故意設的局。因爲我們以爲妳心中只有問題學生，那麼我們也要『問題』一下，看能不能引起妳的特別關心。開始時，我們眞的很難過，因爲第一節等不到妳，後來等到中午，決定去吃午餐時，看到妳腳踏車騎得好快衝向我們這裡，妳知道嗎？我們好高興也好慚愧！我們不知道妳有四節課，但是妳沒吃午飯就來看我們，從此我們對妳心服口服，因爲我們知道，妳心中還是有我們的。」天哪！我眞的不知道這一段故事！

我一直以爲自己是這麼的用心，所以可以馴服他們，原來不是我的教學技術讓他們佩服，而是那一份關心。我很高興我通過了考試，也很高興今天我的學生在他太太面前告訴我這件事，但是仍有說不出的感觸，因爲我不敢想如果我沒有通過考試，會有什麼樣不同的結果？

莫須有與想當然

不法的事增多了，
愛心就漸漸冷淡了。
——聖經

第一年教書的學校沒有大禮堂，所以學生在聽演講的時候都必須站在大操場上。南台灣酷熱的陽光有時的確難以忍受，因此對於學生我多了一分寬容。

豪力已滿十八歲，每天騎機車上下學，因爲年輕氣盛，所以不是這裡摔傷就是那兒扭傷，也因此常常不能參加週會演講。

有一天，我突然警覺他的傷勢過於頻繁，所以在演講時，就回教室看看他。我說：「豪力啊！你常常受傷，老師好心疼，讓老師看看你的傷口，好嗎？」他笑著跟我說：「老師，傷口很難看，你瞧，藥水都滲出來了，我想你會害怕的！」在我的堅持下，他還是把繃帶打開讓我看。他一邊打開，我一邊瞧著他緊張的表情，心中覺得一定有問題！果然，繃帶之下的皮膚完好無缺，只是繃帶塗了許多的藥水而已。

雖然我曾經受過學生的欺騙，或是金錢借貸，或是言語行爲，這些都會讓我沮喪灰心。但是在我教學與輔導的過程中，我一直是願意相信學生的。而我之所以如此，基督教的信仰是原因之一，此外，還有一個很重要的原因，是在我年輕時候曾經讀過的一篇文章深深影響著我，我也經常舉這個例子在親子座談會上與父母共勉。這是陳之藩的「莫須有與想當然」，多年來，我每再讀一次，就有更深的感觸與體驗。

陳之藩本來就喜歡作文，再加上努力，所以小學的時候作文發還時，常是名字在前幾名之中。有一次不僅不在前幾名，而是排在最後一個。他下了課，去問國文老師，老師說：「這不像你這個小學生作的，一定是抄自什麼雜誌上的。」無論陳之藩如何辯解，老師仍然固執的認定他不可能作這麼好，如果說不是抄的，硬是要他拿出證明來！他無從反抗，委屈的哭了一場。小孩時的多少事情，現在幾乎都忘了，唯獨這次所受的委屈，他總是記得清清楚楚。

大學三年級時，考交流電路的課時，他竟異想天開在不到一小時中，發明了一個用幾何作圓，卻沒有想到這一題竟然得了零分，因爲老師說他不會微分。這一定是從別處抄來的。於是小學時所受的委屈心理又爲之再版一次。

後來陳之藩在美國當教授。一個美國學生提出一篇學期論文，當作期末考試。不僅是風格清新，而且創意滿紙，令人不能相信是一大學生之作。他很自然的懷疑他是從什麼地方抄來的。問題就這麼極端：如果是抄來的，只有給不及格。他到圖書館查了兩天最新到的期刊，看看有無類似的東西，不得要領，想起自己經驗，於是請教一位同事該怎麼辦？沒想到對方感到訝異並說：

「如果你不能查出你學生是抄來的。你就不能說他是抄來的。你的學生並沒有義務去證明他不是抄來的，這是羅馬法的精神；文明與野蠻的分際，就在這麼細微的差別上。我覺得這是常識，你卻覺得這是個問題，好奇怪！」

這是東方與西方的差異嗎？

我願意信任學生，但也希望我更有智慧。

愛吃的珠寶與貴寶

凡神所造的物都是好的，
若感謝著領受，
就沒有一樣可棄的。
——聖經

畢業後的珍敏，就像其他的年輕人一樣，忙著工作，忙著談戀愛，一年就只有那麼幾個重要的日子出現。當她知道我罹癌時，撥空回來看我，這回，她倒是帶著吃的東西來了。她說，在輔導室的日子，總是吃我們的，現在賺錢了，沒有忘記要回報回報呢！

她是怎麼與我熟悉的，我幾乎忘記了，只記得她後來就到輔導室來當工讀生了。她的反應超快的，又頗具表演天份，尤其表演陳小雲的俏屁股倒也是一絕。爲了她的表演天份，我們設計了一次當時最紅的表演節目「珠寶和貴寶」，作爲教師節對老師們的獻禮，同仁們訝異於我把臉塗紅塗醜的勇氣，我卻很明白，只要學生有才華、有意願、有勇氣，我是這麼的願意爲學生爭取到他們的舞台，讓她們有著美好的回憶。

不過，在與她共創的許多回憶中，最難忘的倒是她和我都有一個共同的嗜好：吃！好像我們都不太挑剔吃，什麼東西在我們看來很少難吃的，所以她在輔導室工讀的日子裡，愉快的吃也是我們愉快的回憶，而年輕的她，吃將起來可是讓我吃驚不已，眞不是愛吃兩字可以形容的。

一個在國小當了二十年的老師，壓在胸口的那股無力感，讓他很想退休。有一天一個挺拔的青年出現，並且向他行大禮。「老師，您還記得我嗎？」是他二十年前教過的學生。那時因爲出身貧寒，這孩子總是垂頭喪氣，還因爲吃了太多聯合國國際兒童基金會發放的玉米粉粥及奶粉，引起腹瀉，成了同學取笑的對象。沒想到有點傻勁又垂頭喪氣的孩子，如今已長大成人，擁有成功的事業，而且已經成家。那時他每天都會帶兩人份的便當，和孩子一起享用。

「當時你的綽號好像是愛吃鬼吧？」「老師，您還記得這根湯匙嗎？」那湯匙是他知道孩子清苦的家境而送給學生的禮物。這湯匙我要當成傳家之寶，永遠保存它。」所有在教育過程中的不滿與哀怨，因著這頓飯，這支湯匙的出現，全部煙消雲散，消失得無影無蹤了，老師又有教學的力氣了！

我沒有送過珍敏湯匙，但是我相信也一定有些記憶在她的紀念袋中。而能夠與珍敏一起吃香喝辣的，也是日子的一個小小幸福呢！

幽默大師林語堂在某大學第一天開始上課，手提一個大大皮包走進教室，學生都以爲是課本，當他打開盡是有殼花生，林語堂則用英文大講其吃花生之道。他說：「吃花生要吃帶殼的，一切味道與趣味，全在剝殼，剝殼愈有勁，花生米就愈有味道。」

他再補充說：「花生米又名長生果，諸君第一天上課，請吃我的長生果，祝君長生不老，以後我上課不點名，但願大家吃了花生果，更有長性子，不要逃學！」

語畢全堂莞爾。此後每逢大師講課，總是座無虛席。

瞧！花生米、長生果都有這麼大的學問，愛吃，當然也是一種享受喔！

你是成功的老師嗎？

人看人是看外表，
神是看人內心。
——聖經

一直沒忘記質力畢業前到輔導室來做最後一次談話。離去前，在輔導室門口回頭問了我一句話：「老師，妳覺得妳是成功的老師嗎？」一下子我愣住了！我從來沒有想過這個問題呢！

他看我沉默了，繼續問：「妳覺得妳有輔導我成功嗎？」

我終於回過神來：「我從來沒有想過我是不是成功的老師，因爲成功的定義每一個人不同，我只是盡力做好我能做的事；而至於你，我只是陪你這一段路而已！」

質力笑笑著說：「我也是這麼想，我的改變是因爲我願意改變！」

他的這一席話，深深的打動了我。輔導不是萬能，不是不能，只是可能，也只有願意改變的心，才能改變自己。

質力是一個極聰慧的孩子，但是操性成績卻是丙等，這就是我們之所以在輔導室結緣的原因。根據導師的說法是大過不犯，小錯不斷的人，所以即使操性丙等，事實上也只記了一支小過，其餘都是遲到或曠課扣分，因爲他認爲學校所教的無法滿足他的需求，即使他想升學，也要過過自己的生活。所以曠課的時間他並不是在電動玩具店，而是去墾丁思考，或去旅遊，是一個很有自己想法的人，在輔導室的日子裡，我們經常針對價值觀念、生活態度辯論，誰也不服誰，但是師生的情感卻是在這樣的鬥嘴中更顯紮實。

畢業後如願升學的質力，在北部求學期間常常會來分享他的生活，記得有一次他以北部同學過生日，包下當地最大的KTV讓同學們盡情歡唱的事，來談南北兩地文化差異及貧富差距，我知道他內心深處一種向上的衝動，以及更爲強烈邁向成功的動力。果然，退伍之後，他在工作上的表現令人激賞，經常因爲業績的名列前茅而出國，一直沒有問他：「你覺得成功嗎？」因爲我知道，對他而言，這個問題現在不是問的時候。

小尾譯自網路文稿的故事「你還沒有回到家！」非常感動我：

一對傳教士夫婦，在非洲工作多年後，準備退休返回故鄉紐約。他們沒有退休金，剩下的只有累垮的身子，沮喪、挫折的過去和未來的恐懼。他們與剛完成非洲「探險大狩獵之旅」，準備返鄉的美國羅斯福總統，竟然是坐同一艘船。岸上樂隊、市長和政要顯貴們，早準備好要迎接總統。沒人留意這對夫婦。

老傳道對妻子說：「我覺得神不是很公平的對待我們！我倆在非洲工作了這麼多年，卻沒有半個人來關心我們？此人不過打個獵回來卻受到大伙如此盛情的款待；簡直太厚此薄彼了嘛！」他妻子回答：「你何不到房裏去禱告告訴主呢？」

過了不久，他從臥房裏走了出來，臉上已換上迥然不同的表情，「感謝主，解決了我的問題。我告訴祂，總統回國受到如此

盛大的歡迎，卻沒有半個人來迎接同樣返鄉的我們，這叫我情何以堪啊？我感覺主將祂的手放在我的肩膀，祂只說：『但是，你還沒有回到家！』」

是的！世上的掌聲是虛幻的，天家的掌聲才是眞實的。只希望當我們閉上眼睛時是一個人笑，衆人皆哭，可別我們一個人哭，衆人皆笑啊！

你要不要重回人間？

凡是開始最難，
然而更難的是何以善終。
——莎士比亞

剛教書時，7382（欺善怕惡）班的學生教會了我不少事情。其中有一件事是與正力對話的經驗。

「老師，你看不看武俠小說？」正力問。「我看啊！」我不知道他的目的。

「老師，武俠小說的武林盟主，絕對不會連坐法，一定只處罰犯錯的人，所以如果我犯錯，你不應該在全班上課時間碎碎念，念我就好了！」

「嗯！」他提醒了我，我覺得滿有道理的，因爲每次都連累了好學生聽訓，而該聽的人卻總是不在場。接著他問：

「老師，你看不看連續劇？」「我看啊！」我還是不知道他提問題的用意。

「老師，連續劇裡的好人都要受苦卅八或卅九集，我爲什麼要當好人？」當時連續劇限制四十集一定要下檔。「所以囉，當壞人可以享受到倒數最後一二集呢！還有，老師，你看最近的報紙，很多『七逃孩子』後來悔改都成大企業家了嗎？」我終於找到插話的機會：

「你的意思是你會成爲大企業家？你有沒有想過，報紙刊載改邪歸正後來飛黃騰達的都是少數，而有大多數的『七逃孩子』是流落江湖或者綠島，你知道嗎？」

正力的伶俐在我教學過程中讓我有許多的省思，現在的正力恐怕已經忘記當時他的想法與做法，因爲他已經變成中規中矩的經營者了！

無關宗教，許多學生總會問到究竟有沒有天堂與地獄？因爲他們對於現在的行事是否要面對未來的審判相當存疑，這總是難免的，年輕人誰會想到生死？但是卻對人生也有著不解的疑惑：我的所行所爲有沒有因果報應？

惠淳曾經e-mail一篇文章，寫的是一部電影，令我印象深刻，忘記是她寫的還是她轉寄來的，我雖然是基督徒，但是這卻是一篇很提醒我對此生的一個反省。

電影情節是有個人死後到天堂，那個地方有許多天使，還有許多像電視一樣的機器，天使請他坐下來，然後這些機器就開始放映他的一生。

他就這麼看著他的一生像電影一樣放映著，但是他發現機器只要放映他逃避一些事情時，畫面就停格！於是一部部機器停格在：他第一次惹爸媽生氣卻不敢道歉、他愛上一個女孩卻不敢表達、爲人父親時，不敢表達自己對孩子的愛。

終於，他的一生放完了。但是天使們在一陣討論之後告訴他：你在這一生中缺乏了愛與勇氣，所以我們要請你重回人間，把愛與勇氣學會。畫面一轉，這個人又出生在人間，重新學習愛與勇氣。

人生，不管走到什麼絕境，總有許多個出口。只要你願意積極面對自己的選擇，對那個選擇負起全責。總有一天，會找到屬於自己的幸福。練習接受自己的背景環境，努力提昇並改變，遠比坐在原地哭泣更能創造美好未來。

妳不必做什麼

不要只在眼前事奉，
只討人的喜歡，
總要存心誠實敬畏主。
——聖經

校慶運動會後，晚上家長會長請全校教師在活動中心聚餐。這是學校兩大盛會之一。一是畢業典禮，其次就是年底的這一次了。我們都很珍惜這樣的團聚。

這次我特別提請學校表揚，我們輔導室的志工曹，她退休後不支任何津貼，每週三中午到輔導室來做兩性教育小團體的教育工作，風雨無阻，她的精神著實深深的感動著我。曹是挺謙虛的人，所以她不坐前面貴賓席，她想跟老朋友們坐在一起，所以我也就陪著她。

第一道菜才上桌，校長就陪著一位先生，來到我們這一桌，笑著問：「誰是陸瑩華老師啊？」我站了起來，看著前面這位先生，陌生中有一點似曾相似的感覺，可是眞的很陌生。校長說：「這是我們的榮譽顧問，他一到會場，第一句話就是問：『陸瑩華老師有沒有來？』」我的表情充滿懷疑，這位先生接下來說：「我是妳在屏工第一年教書夜間部的學生，妳教了半年，就被調到日間部，所以妳一定忘了我。可是我卻沒有忘記妳。如果不是妳，我今天不是這樣！妳對我的影響非常大！」

握著他的手，我很想回憶我到底做了什麼事，可我一點也想不起來。我笑著對他，很坦白的說：「我沒有做什麼啊！」他說：「妳不必做什麼啊！妳就是關心我們，如果沒有妳，我現在還在廝混，那一學期是我生命中很重要的時刻，妳是改變我生命的人，妳眞的不必做什麼！」

「妳不必做什麼啊！」這句話深深的撞擊著我，原來影響人這麼簡單，不必做什麼也能影響人啊！他還說：「改天我要帶著我的妻子孩子一起拜訪老師，我的妻子已經聽我說妳很多次了，我一定要她認識妳。」我的眼淚忍不住的流下了，對一位教育工作者，這是多麼大的鼓勵與安慰。

看著眼前的人，如此風度翩翩，有著屬於他自己的事業，我想起了在網路上一段對話。

有人喜歡荷花的美麗，也感嘆泥土的委屈，可是泥土自有他的看法：

有人問泥：「荷有美麗的外形，有芬芳的氣息，有亭亭的風姿，墨客吟詩作詞頌讚他，畫家藝人描繪他，人欣賞他，人喜愛他，而妳呢？妳什麼都沒有……」

泥說：「妳錯了，我有荷全部生長的經歷。我分享他的青澀歲月，我體會他苦悶；我分擔他的含羞待放、隱藏的心事；我默享他的風華絕代、他的飽滿圓熟，我們一同歡呼豐收的喜悅。一直到他枯殘死亡，我仍爲他擔負哺育下一代的責任。妳知道嗎？

妳們所有的，不過是荷外在的形象，而我卻擁有他整個生命！」

再問泥：「妳委身在地，無聲無息，受人踐踏，又無華彩外衣，妳不覺得自己一無是處嗎？」

泥說：「眞正的智慧在於隱藏，眞正的才華在於沈默；我讓花草樹木蓬勃生長，供應他們無缺的養分，我無窮的生命力還不夠顯現嗎？」

親愛的孩子，謝謝你！今天你來到我的面前，也許了了你的一樁心事，但你更讓一位教育工作者加了柴火與溫暖。謝謝你，因著你的一席話，我的生命又豐碩起來了！我是泥土，分享著你們的青澀歲月，你的風華圓熟……

搖櫻桃樹的人

最重要的是要彼此相愛，
因為愛能遮掩許多罪。
——聖經

許多時候學生回來看我，提到在學校的一些記憶，常常讓我訝異自己老得這麼快，怎麼都不記得了？但是這些記憶卻在孩子心中保存著。

例如，珍星說我曾經在她失戀時與她一起在校園裡淋雨，紓發情緒；例如，圖力說我曾經因爲他爬不起來送他一個鬧鐘；例如，珍梨說我曾經送她一本影響她甚鉅的書；例如，茂力說我曾經罵醒他的話。我是眞的忘記了這些事情，但是因爲他們的分享，我更加確信，在我們生命轉折的每一個時刻，別人一丁點的關懷，都可能改變我們的生命。

伊朗導演阿巴斯的電影裡，講過的一個有關櫻桃樹的故事：

有個失意的人爬上一棵櫻桃樹，準備從樹上跳下來，結束自己的生命。就在他決定往下跳的時候，學校放學了。

成群放學的小學生走過來，看到他站在樹上。一個小學生問他：「你在樹上做什麼？」總不能告訴小孩我要自殺吧。於是他說：「我在看風景。」

「你有沒有看到身旁有許多櫻桃？」小學生問。

他低頭一看，發現原來他自己一心一意想要自殺，根本沒有注意到樹上真的長滿了大大小小的紅色櫻桃。

「你可不可以幫我們採櫻桃？」小朋友們說：「你只要用力搖晃，櫻桃就會掉下來了。拜託啦！我們爬不了那麼高。」

失意的人有點意興闌珊，可是又違拗不過小朋友，只好答應幫忙。他開始在樹上又跳又搖的，很快地，櫻桃紛紛從樹上掉下來。地面上也聚集了愈來愈多放學的小朋友，全部都興奮又快樂

地撿食著櫻桃。經過一陣嬉鬧之後，櫻桃掉得差不多，小朋友也漸漸散去了。

失意的人坐在樹上，看著小朋友們歡樂的背影，不知道爲什麼，自殺的心情和氣氛全都沒有了。他採了些周遭還沒掉到地上去的櫻桃，無可奈何地跳下了櫻桃樹，拿著櫻桃慢慢走回家裡。

他回到家時，仍然是那個破舊的家，一樣的老婆和小孩。可是孩子們卻好高興爸爸帶著櫻桃回來了。當他們一起吃著晚餐，他看著大家快樂地吃著櫻桃，忽然有一種新的體會和感動，他心裡想著，或許這樣的人生還是可以活下去吧……。

可不可以不要只看到我們的傷口在痛，而沒有看到更多關心我們的人心在淌血？念轉、心轉之後是不是也可以像那個搖櫻桃樹的人，心境改變之後，只看到豐盈的果實？

與學生所有共同而美好的回憶，都是因爲彼此的付出。而在來回的付出時，我們有了交集也有了共鳴！我的生命因爲這些學生而有了極大的改變，他們每一個人都是我心中一朵美麗的花，不定時的開放在我心深處，讓我的人生因而成爲美麗的花園。

不是我給孩子們什麼，更多的時候是從孩子們身上體會到更多的人生感動呢！衷心感謝所有在我生命中駐足的學生，因爲你們，我帶回來許多的櫻桃！

藍色緞帶的魔力

如今常存的有信有望有愛，
其中最大的是愛。

——聖經

有一次我在校園看到官力流著眼淚，我請他到輔導室聊聊，他有著抗拒的眼神。我明白其實很多學生都以爲到輔導室的人是有問題的，是需要輔導的。

其實不只是學生，有一回我和一位教官聊學生問題，順口邀請他到輔導室坐坐。他笑著說：「那我不就成爲有問題的教官嗎？」我想他是開玩笑，卻也有幾分眞實想法吧！這其實就是輔導工作要突破的地方，「沒有問題學生，只有學生問題」，只可惜不是每個人都能理解的。

我想官力不想讓同學看到他的模樣，不過終究還是答應陪我到輔導室，當我知道他的導師名字時，我脫口而出：「她是好老師，很關心同學啊！」，他看了一眼說：「她只關心行爲偏差的同學！」我想起了我的經驗，拍拍他的肩膀說：「我想她是因爲放心你們啊！」

後來，我也投了一篇稿，題目被編輯改成：「好孩子更需要關心」，有時候我們爲了成就自己，努力去照顧我們覺得應該被照顧者，難免忽略了期待我們照顧者的眼神啊！正因爲他們的乖巧貼心，反而忽略了他們的需求。

美國的布里居絲（HeliceBridges）女士，發起了一個叫做藍色緞帶的運動，希望能在西元二千年的時候，每一個美國人都能拿到一條她設計的藍色緞帶，上面寫著「Who I Am Makes A Difference」，也就是我可以爲這個世界創造一些價值的意思。

結果因爲這些緞帶的傳送，引發了許多感人的故事，也改變了許多人的生命。其中有一個故事十分發人深省：

有一個人決定提早下班回家，把那條緞帶給了他正值青少年期的兒子。他們父子關係一向不好，平時他忙著公務，不太顧家，對兒子也只有責備，很少讚賞。那天他懷著一顆歉疚的心，把緞帶給了兒子，同時爲自己一向的態度道歉，他告訴兒子，其實他的存在帶給他這個父親無限的喜悅與驕傲，儘管他從未稱讚他，也少有時間與他相處，但是他是十分愛他的，也以他爲榮。當他說完了這些話，兒子竟然號啕大哭。

他對父親說：他以爲他父親一點也不在乎他，他覺得人生一點價值都沒有，他不喜歡自己，恨自己不能討父親的歡心，正準備以自殺來結束痛苦的一生，沒想到他父親的一番言語，打開了心結，也救了他一條性命。

這位父親嚇得出了一身冷汗，自己差點失去了獨生的兒子而不自知。從此改變了自己的態度，調整了生活的重心。就這樣，整個家庭因爲一條小小的緞帶而徹底改觀。

一條藍色的緞帶爲什麼有這麼大的魔力？因爲它是一個提醒，提醒我們看到自己的價值。不論我們是誰，只要我們願意，都有這樣的能力可以創造奇蹟、創造不同的人生。不論我們身邊是誰，都是需要一份關懷與關注的。

我的學生老師

◆

聞道有先後，術業有專攻

——韓愈

有一天，學力因爲親子關係緊張而來找我，看著他可愛的面孔，聽著他懂事的話語，有些不捨，他的父母豈不應該多疼一點？我跟他說，總要體諒父母的成長背景，因爲他們是用他們所能了解的方式愛他，也許這不是他所喜歡的方式，但他可以學習相處的方式與加強溝通的能力。但在此同時，也讓我想起了那時正在叛逆期的女兒。

於是我脫口而出的對他說：「假如我女兒也這麼懂事多好！我想我應該要把我對她的好，以及這時候因爲她叛逆而讓我覺得受傷，將我心中的沮喪紀錄下來，在我死後給她看，讓她知道她是如何傷害我！」

學力看看我，然後慢條斯理的說：「老師，假如妳愛她，不應該讓她遺憾終生，是吧？如果妳眞要寫，是不是應該寫下她的好，好讓她能夠在妳死後懷念妳，然後變得更好！」

一語驚醒夢中人！這難道不是我的老師嗎？我眞的好感動，回家緊緊的擁抱女兒，告訴她，我是這麼這麼的愛她，即使她在改變中讓我如此擔心，也要她知道我的愛。

雖然我是輔導老師，雖然來找我的學生常常是受輔對象，雖然我稱他們爲孩子，但是他們卻常常是我的老師，這就是爲什麼教學多年，我一直沒有喪失教育熱度的主要原因，因爲我總能夠從他們身上學到東西，找到反省。

上地理課時，老師要求學生們共習「世界七大奇觀」（The Seven Wonders of the World）的課程。並且希望下課前，學生們在作業上列舉出他們自認的「世界七大奇觀」。

雖然，所列舉的答案，都不是很一致，但下列是多數票選的答案，如：1.埃及的金字塔2.印度的泰姬瑪哈陵墓3.大峽谷4.巴拿馬運河5.帝國大廈6.梵蒂岡的聖彼得大教堂7.中國的萬里長城

這時候老師發現有一位學生，一個文靜的女孩，仍在思考並未交卷，就問她是否了解她應該做什麼。這女孩回答說：「是的，我了解，但是我還拿不定主意，例子實在是太多了！」

老師說：「好吧！就告訴我們妳列舉了什麼，或許我們幫得上忙也說不定。」女孩有點猶豫之後，唸出：

「我認爲世界的七大奇觀是：1.To touch（觸摸、觸感）2.To taste（品嚐、味覺）3.To see（會看、視覺）4.To hear（會聽、聽覺）5.To run（會跑）6.To laugh（會笑）7.To love（去愛）。」

這是友人e-mail國外課程中的師生對話，讓我好感動，「聞道有先後，術業有專攻」眞的！身爲老師也只是在我們的領域中專業，其他呢？也許我們已經僵化，看不到寬闊的草原、碧藍的海天，也許我們沒有學生們的柔軟與胸襟呢！

跋・一位值得一讀再讀的人

第四屆總統教育獎得主、
第七屆周大觀全球熱愛生命獎章得主
邱俊南

我不敢相信能有機會替老師的書「生命眞的眞的很不錯」寫跋，這對我來說是一種新的經驗，尤其是對一個沒有經歷的人來說，更是一種挑戰，不過總是謝謝老師讓我有機會來寫。

高一新生入學時，我看到一位年紀不小的婦女，站在那裡用和藹可親的笑容迎接著新生，那時我便覺得這一位大媽很了不起，之後她又說：

「嗯！找一天你能到輔導室坐坐嗎？」

我到了輔導室門口，大口深呼吸後便走進去，一進去才發現這個輔導室，不同於以往的輔導室，裡面有一位和藹的主任和幾位小義工，完全沒有做錯事而被叫進去訓話的學生，這時我才發現那一位主任，原來是在校門口接待我們的婦人。

與她相識，幾個月後我也變義工了，慢慢了解她，而她也慢慢地改變我，不知不覺得我從短期義工變成長期義工了，此時才知道她的影響力。

後來她因為得了癌症，便沒來上課了，幾個月後回來後，她不是帶著沮喪回來，反而高高興興的將她在病房跟病魔奮鬥而得到的生命，傳輸給我們。

當我再度遇到她時，她的生命在我的生命裡，又燃起我對生命新的看法，之後老師出了一本新書「向生命撒撒嬌」，她把自己對生命的看法，寫在書中，讓人學習、領悟、珍惜。

看了她的書後，深覺自己也要向她一樣勇敢、智慧，勇敢地接受自己，認識自己，我知道我在改變中。之後，她叫我去參加一個活動，我才知道我眞的變了。

後來她又幫我報名參加「周大觀全球熱愛生命獎章」，我開始覺得她比我媽還像我媽，一樣使人溫暖、說話使人暢快、且她對她自己的做事態度完全不會懈怠，對於做當下的角色，她的態度是全力以赴。

我得了周大觀全球熱愛生命獎章後，我開始與老師到各個團體，分享生命、分享愛，就這樣過了一兩個月。

老師又出了一本新書「生命眞的眞的很不錯」，這一次的書，是她出院之後，整理出她對生命與學生間愛的故事。

她的書就像她的人一樣，值得我們一讀再讀。

【附註】

俊南三歲因為買養樂多而遭砂石車撞擊，醫生宣布終生不得走路。在爸爸媽媽四處求醫以及俊南半夜偷偷練習走路的堅持下，俊南終於可以走路、騎腳踏車、打籃球，但終生將是蹲著走。

我們稱他蹲走勇士，也稱他陽光少年。因為他並沒有被打敗。在屏工的日子，我陪著他走這麼一段，但是，他也是我的老師，教導我如何面對生命的挫折。

這三年推薦他的母親獲得炬光獎，推薦俊南分別獲得九十三年第四屆總統教育獎、第七屆周大觀全球熱愛生命獎章，是因為他真的是用他的生命寫他的故事。

俊南，謝謝你為「生命真的真的很不錯」所做的結尾，這篇跋是你用筆寫的，也是你用生命寫的。

我們都要加油喔！

國家圖書館出版品預行編目資料

生命真的真的很不錯／陸瑩華 著・-- 第一版.
-- 臺北市：文經社，2004（民93）
面；　公分. --（文經文庫；208）
ISBN 957-663-421-0（平裝）

855　　93014386

文經社

文經文庫 208

生命真的真的很不錯

編 著 人—陸瑩華
發 行 人—趙元美
社　　長—吳榮斌
主　　編—管仁健
美術編輯—黃昭茵
出 版 者—文經出版社有限公司
登 記 證—新聞局局版台業字第2424號
＜總社・編輯部＞：
地　　址—104 台北市建國北路二段66號11樓之一（文經大樓）
電　　話—（02）2517-6688（代表號）
傳　　真—（02）2515-3368
E-mail—cosmax.pub@msa.hinet.net
＜業務部＞：
地　　址—241 台北縣三重市光復路一段61巷27號11樓A（鴻運大樓）
電　　話—（02）2278-3158・2278-2563
傳　　真—（02）2278-3168
E-mail—cosmax27@ms76.hinet.net
郵撥帳號—05088806文經出版社有限公司
印 刷 所—普林特斯資訊有限公司
法律顧問—鄭玉燦律師　（02）2321-7330
發 行 日—2004年　9　月第一版　第　1　刷

定價／新台幣 200 元　　Printed in Taiwan